사랑하는 엄마가

사랑하는 엄마가

토니 토마스 엮음 · 권경희 옮김

참솔

내 소중한 아이에게

네가 인생에 대해 가지는 모든 질문에 만족할 만한 대답을 해줄 수는 없지만, 엄마는 네가 어려움에 처했을 때 편안히 쉴 수 있는 휴식처가 되고 싶구나. 불완전한 세상, 살다 보면 왜 슬프고 고통스러운 일이 없겠니? 그때, 네가 한없이 괴롭고 외로울 때에도 항상 나의 마음은 너를 향해 열려 있다는 사실을 잊지 않았으면 좋겠다.

너는 내일의 세대, 나는 오늘의 세대이다. 그렇지만 사회가 아무리 빠른 속도로 흘러가도 영원히 변치 않는 삶의 가치나 미덕에 대하여 엄마는 너랑 얘기하고 싶단다. 내 소중한 아이가 시행착오를 조금이라도 줄여, 더 안정되고 행복하게 살기를 진심으로 바라므로……

네가 태어났을 때, 너는 우리 가족 모두의 가슴에 빛이었단다. 언제까지나 엄마의 가슴에서 그 빛이 흐려지지 않도록 도와 달라고 기도할게. 그리고 기억하여라. 네가 언제 어디에서 무엇을 하든 엄마는 변함없이 너를 사랑한다는 것을…… 그리고 세월이 흐른 먼 훗날 이 글을 읽으면서 엄마가 너를 얼마나 사랑했는지 기억해 준다면, 그것으로 이 엄마의 소망은 이루어지는 것이란다.

사랑하는
엄마가

차례

Part 1 *더 사랑하며 살기*

Part 2 더 현명하게 살기

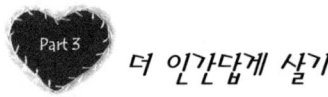

Part 3

더 인간답게 살기

Part 1

더 사랑하며 살기

자신에게 가장 소중한 것을 선물할 것
소중한 사람에게 사랑을 표현할 것
서로 부족한 점을 이해하고 힘을 합칠 것
가족이란 같은 팀, 팀워크를 잊지 말 것
편견 없이 있는 그대로 상대방을 바라볼 것
부모님의 사랑이 늘 곁에 있음을 기억할 것
이웃과 나누는 삶에서 행복을 찾을 것
친구가 필요한 사람의 친구가 되어 줄 것

자신에게 가장 소중한 것을 선물할 것

수잔의 선물

아홉 살짜리 수잔은 소위 「극빈층」 소녀였다. 수잔의 부모 모두 직장이 없었고, 가족은 복지기금에 매달려 근근이 살아가고 있었다. 그 아이에게 좋은 옷이나 배부른 음식은 사치였다. 때가 꼬질꼬질 묻고 낡아서 여기저기 찢어진 옷차림으로 학교에 나온 적도 많았다. 그래서 아이들에게 놀림도 많이 당했다.

나는 당시 보충수업을 맡고 있어서 수잔의 담임이면서도 그 아이를 잘 돌봐 줄 시간이 그리 많지 않았다. 내가 담임으로서 부족하건 말건, 크리스마스가 가까워졌을 때, 수잔은 또랑또랑한 목소리로 나에게 그야말로 선언을 하듯 말했다.

"선생님께 크리스마스 선물을 꼭 사드릴 거예요."

수잔은 어머니로부터 선생님께 드릴 선물을 살 돈이 없다는 말을 들었지만, 그래도 무언가 방법이 있을 거라고 희망을 품고 있었던 모양이다.

"수잔, 넌 그림을 참 잘 그려. 내가 종이와 크레용을 너에게 줄

게. 대신 너는 내 얼굴을 그려 주지 않으련? 우리 교실 벽에 네가
그린 내 그림을 걸어 두면 선생님은 무척 기쁠 거야."

나는 이렇게 말했다. 하지만 수잔은 내 제안이 마음에 들지 않
는 눈치였다. 그 아이 머릿속에는 오직 나에게 정말 「근사한 무
언가」를 선물하고 싶은 생각으로 가득 차 있었던 것이다.

크리스마스가 사흘 앞으로 다가왔지만 수잔의 집 형편은 조금
도 나아지지 않았다. 나는 수잔에게 선물 같은 것은 정말로 필요
없다는 말을 다시 해주었다.

그러자 수잔은 엉엉 울음을 터뜨렸고, 자신은 크리스마스 바
로 전날인 종업식 때 학교에 오지 못할 것이라고 털어놓았다. 종
업식날에는 의례적으로 선물교환이 있었는데, 그날 교환할 선물
을 살 형편이 못 되는 게 서러웠던 것이리라.

하지만 놀라운 일이 일어났다. 종업식날 아침 7시 20분, 수업
이 시작되기 훨씬 이른 시간에 수잔이 교실로 들어왔다. 수잔은
두 손을 등뒤로 돌린 채 수줍은 얼굴로 나에게 다가왔다.

"어머, 수잔, 널 보니 너무 반갑다. 난 오늘 네가 학교에 못 오
면 어쩌나 하고 마음이 아팠거든."

나는 미소를 지어 주었다.

"전 조금 있다 가야 돼요. 엄마가 자동차에서 저를 집으로 데
려가려고 기다리고 있거든요. 엄마는 아침에 일찍 가면 선생님
께 선물을 줄 수 있다고 하면서 학교까지 태워다 주셨어요"

수잔이 알록달록한 『선데이』지 신문지로 포장된 선물을 앞으

로 내밀었다. 납작한 형태의 선물을 보자 처음에 나는 「드디어 얘가 내 얼굴을 그렸구나」 하고 생각했다.

"선생님 마음에 들면 좋겠어요."

내가 선물을 받아 드는 것을 본 수잔이 말했다.

"이걸 얻으려고 3주일 동안 엄마를 졸랐거든요. 이건 우리집에서 최고로 좋은 거예요."

선물을 내려다보는 내 눈에는 눈물이 핑 돌았다. 그것은 사냥개를 찍은 달력 사진이었다. 오랫동안 벽에 붙였는지 사진 네 귀퉁이에 못자국이 나 있었다. 하지만 달력 사진이면 어떻단 말인가! 나에게는 더없이 아름답게만 보였다. 왜냐하면 그것은 누군가에게 「가장 소중하고 가장 좋은 것」을 선물받은 유일한 때였기 때문이다.

두 아이의 서로 다른 반응

나는 크리스마스 때 70명이 되는 우리 반 학생들에게 주려고 사탕봉지를 직접 만들었다. 내가 수잔을 꼭 껴안고 사탕봉지를 주자, 수잔은 펄쩍 뛰며 무척 좋아했다.

"어머, 사탕이네! 언니하고 동생에게 나눠 주어야지! 엄마는 오래 전부터 올 크리스마스에는 아무것도 살 수 없다고 말했거든요. 선생님이 주신 이 사탕은 이번 크리스마스에 우리 가족이 받는 선물의 전부일 거예요."

나는 내가 만든 사탕봉지를 몽땅 수잔에게 주고 싶은 충동을

눌러야만 했다.

잠시 후 수잔은 집으로 돌아갔고, 다른 아이들이 교실로 들어오기 시작했다. 나는 「메리 크리스마스!」를 외치며 한 아이 한 아이에게 사탕봉지를 나눠 주었다.

"치, 사탕이잖아. 시시해. 이것말고 딴 선물은 없어요?"

리가 사탕을 내려다보며 볼멘소리를 했다.

오랜 세월이 지나도 나는 이 두 아이의 서로 다른 반응이 잊혀지지 않는다. 수잔은 가진 것이 하나도 없었지만, 자신이 가진 것 중 최고의 것을 남에게 줄 줄 아는 아이였다. 그래서 보잘것없는 사탕봉지만으로도 기뻐했고 감사할 줄 알았다. 리는 남에게 아무것도 주지 않았고, 아무것에도 감사하지 않았다.

그해 크리스마스 이후로 수잔이 준 사냥개 사진은 언제나 내가 가르치는 교실에 걸려 있다. 그 사진이야말로 인생에서 소중한 것이 무엇인가를 잘 일깨워 주기 때문이다.

5명의 자식을 키우고, 11명의 손주들을 거둔 나는 평생을 초등학교에서 아이들을 가르치면서, 인생에서 정말로 중요한 것이 무엇인가를 배우고 깨달을 수많은 기회를 만났다. 하지만 수잔만큼 인생의 소중한 가르침을 보여 준 사람은 아무도 없었다.

나는 매해 담임을 맡을 때마다 우리 반 아이들에게 수잔 이야기를 들려주고 있다.

조지아 주 다니엘스빌에서 샤론 라킨스

16

소중한 사람에게 사랑을 표현할 것

자신만의 세계에 갇힌 아이

애몬은 태어날 때부터 문제가 많았습니다. 출산 예정일을 훨씬 앞당겨 세상에 나온 그 아이의 체중은 2kg도 못 되었기 때문에 인큐베이터 속에 들어가 살아남기 위한 투쟁을 해야 했던 것입니다.

아이는 병원에서 무사히 퇴원했고, 집에 온 후부터는 가족들이 걱정한 것과 달리 비록 느리긴 했지만 정상적인 모습으로 자랐습니다. 그런데 이상하게 말은 단 한마디도 하지 않았습니다. 이렇게 시간이 흘러가는 동안에 우리 부부는 형과 누나들을 대하는 애몬의 태도가 언제나 일방적이라는 사실을 깨닫게 되었습니다.

예를 들면 애몬은 한번도 자기가 먼저 형과 누나들에게 몸을 돌리지 않았을 뿐만 아니라, 그들은 자신이 살아가는 세계의 일부라는 사실도 알아차리지 못하는 것처럼 보였습니다.

시간이 흘러 애몬은 자폐아라는 진단을 받았습니다. 자폐아는

정신적인 혼돈으로 외부와의 의사소통능력이 줄어드는 상태를 말하는데, 이런 아이들은 언제나 꿈의 세계에서 혼자 남은 듯한 모습으로 보입니다. 애몬 역시 늘 자신만의 세계에 갇혀 밖으로 나오지 않으려 했습니다.

아이들이 말귀를 알아차릴 정도로 철이 들자, 우리 부부는 가족 모두가 애몬을 도우며 살아야 한다고 가르쳤습니다. 그후 아이들은 애몬에게 아낌없이 사랑을 주었고, 손과 발이 되어 주었으며, 애몬이 실수를 해도 모두 용서해 주었습니다. 우리 가족은 좋은 일이건 슬픈 일이건 크고 작은 집안일에 되도록이면 애몬을 많이 참가시키려 애썼습니다.

"애몬은 지금 무슨 생각을 하고 있을까?"

애몬과 지내면서 우리 가족은 이런 질문을 수백 번도 더 했을 것입니다. 의사들도 애몬의 마음을 이해하는 데 도움이 되는 현실적이고 실제적인 처방을 제공하지 못했습니다. 한마디로 애몬은 우리 모두에게 수수께끼였습니다.

그애가 생각이란 것을 할 수나 있을까? 우리가 지극히 정상이라고 보는 어떤 생각이나 개념을 가지는 것이 가능이나 할까?

우리는 자신만의 고요하고 고립된 세계에 침잠해 있는 애몬을 밖으로 빼내려 끊임없이 노력했습니다. 그러자 비록 느리긴 했지만, 애몬은 점점 사람들을 알아보고 주변의 일상사에 관심을 가지는 것처럼 보였습니다. 심지어 우리가 이름을 부르거나 말을 걸면 돌아보기까지 했습니다. 하지만 아직도 말은 한마디도

하지 않았습니다.

애몬의 첫마디

애몬이 16세가 되었을 때, 자폐아들과 의사소통을 할 수 있는 새로운 방법이 세상에 알려졌습니다. 그것은 의사가 환자의 팔을 받쳐 주면, 환자가 타이프를 치는 것이었는데, 이런 방법은 환자에게 진짜 타이핑을 칠 수 있다는 자신감을 심어 주어 속엣말을 꺼내는 데 도움이 된다고 합니다. 당연히 나는 애몬에게 이 방법을 적용시키리라 마음을 먹었고, 그래서 이 분야의 전문가인 제를린을 찾아갔습니다.

제를린에게 애몬을 맡기고, 나는 그들의 뒤에 서서 애몬을 지켜 보았습니다. 잠시 후, 제를린은 애몬으로부터 글자판을 치겠다는 의사를 얻어내는 데 성공했습니다. 그리고 조금 지나자 애몬의 손가락이 좀더 열심히 움직이기 시작했고, 화면 위로 그가 쓴 최초의 글씨가 나타났습니다.

"엄마에게 내가 엄마를 사랑한다고 전해 주세요. 엄마에게 내가 엄마를 사랑한다고 전해 주세요"

이 글자는 하늘에서 나에게 내려준 메시지였습니다. 왜냐하면 내 평생 애몬에게서 이런 말을 들으리라 기대도 하지 않았기 때문입니다.

나는 울고 있었나 봅니다. 화면 위에 나타난 사랑한다는 글자들이 흐릿해졌으니까요.

오랜 기다림 끝에 드디어 벙어리 내 아들로부터 말을 듣게 된 기쁨이 너무나 컸기 때문이며, 세상과 소통하는 능력을 발견한 내 아들이 느꼈을 벅찬 감정을 알았기 때문입니다.

캘리포니아 주 샌디에이고에서 에린 크리스틴센

서로 부족한 점을 이해하고 힘을 합칠 것

린다와 토니의 우정

자신은 미처 깨닫지 못하지만 남에게 큰 감동을 주는 사람이 가끔 있습니다. 막내 여동생 토니가 바로 그런 사람입니다. 얼마 전, 나는 토니로부터 이웃집 린다와의 이야기를 듣고 가슴이 따뜻해지는 감동을 받았습니다.

린다와 토니는 절친한 친구입니다. 둘 다 열 살짜리 아들을 둔 어머니란 공통점도 이들의 우정에 한몫을 했을지 모릅니다. 더구나 이들의 아들 에반과 에릭은 모퉁이만 돌면 보이는 같은 학교 같은 반에 다니고 있었고, 아이들끼리도 잘 어울려 노는 친구였으니까요.

하루는 린다가 토니에게 전화를 걸었습니다.

"오늘 물건 사러 나갈 일 없어? 내가 같이 가줄까?"

"아유, 마침 잘 됐네. 내가 너희집에 들를게."

토니가 대답했습니다.

토니는 곧 린다의 집에 도착했습니다. 두 여인은 이제 몇 구역

떨어져 있는 상점을 향해 같이 출발했습니다. 그들은 날씨, 가족, 그리고 무엇을 살 것인가에 대해 이런저런 이야기를 나누었습니다.

"사람들이 우리를 쳐다보고 있니?"

린다가 물었고, 두 사람은 같이 깔깔거리고 웃었습니다. 두 사람이 함께 있는 모습이 남들에게는 이상한 구경거리가 된다는 사실을 그들도 알고 있었으니까요. 토니는 어려서부터 앓았던 관절염으로 지금은 전기 휠체어에 앉아 굴러다녔고, 장님인 린다는 토니의 휠체어 팔등걸이에 한쪽 손을 짚고 다른 손으로는 지팡이를 툭툭 치며 걷고 있었기 때문입니다.

두 사람은 이런 식으로 같이 장을 보는 적이 많았습니다. 이게 편리했기 때문이죠. 시력이 멀쩡한 토니가 린다에게 필요한 물건이 있는 곳을 가르쳐 줍니다. 그러면 다리가 성한 린다는 토니가 집지 못하는 물건을 선반에서 척척 꺼내 줍니다.

"조금만 왼쪽으로, 이번에는 뒤로. 아니, 그건 레스버스 요구르트잖아."

상점 안에서 두 여인이 연합전술을 펴듯 물건을 고를 때 토니의 이런 목소리를 듣는 것은 어렵지 않습니다. 필요한 물건을 다 고르면 그들은 계산대 앞으로 나와 각자 고른 물건값을 치르고, 토니의 휠체어에 물건이 담긴 봉투를 얹은 채 갔던 길을 되짚어 집으로 돌아옵니다.

여동생의 이야기를 들을 때마다 나는 이 두 여인에 대한 솟구

쳐 오르는 존경심을 숨기기 힘듭니다. 그들은 서로에게 모자라고 부족한 부분을 채워 주었고, 그럼으로써 삶을 놀랍게 변화시킨 사람들이니까요. 그들의 사는 이야기는 저뿐 아니라 우리 모두가 본받을 인생지침으로 삼아도 될 것입니다.

　부족한 면이 있더라도 그것을 받아들이고 서로 힘을 합치면, 어쩌면 우리는 우리 자신도 믿을 수 없을 만큼 놀라운 일을 할 수 있을지도 모릅니다. 아니, 그렇게 믿고 싶습니다.

오클라호마 주 안틀러스에서 캐더린 미첼

잘못한 일에 대해서는 특별한 벌을 줄 것

나의 첫 보트

어렸을 때 나는 어른들 속을 썩이는 사고뭉치나 말썽쟁이가
아니었기 때문에 잘못해서 벌을 받는 일도 드물었다. 하지만 지
금까지 기억이 생생한 사건이 하나 있는데, 그때 내가 받았던 벌
은 너무나 특별했다. 그리고 그 벌은 나의 아버지가 얼마나 현명
하신 분인가를 깨닫고 감사드리는 계기가 되기도 했다.

나는 미시간 주 세인트클레어 호숫가와 가까운 작은 마을에서
어린 시절을 보냈다. 마을에서 호수까지는 크고 작은 운하들이
거미줄처럼 연결되어 있었기 때문에 집집마다 보트가 있었다.
그때 내 꿈은 어서 어른이 되어 보트를 가지는 것이었다.

해가 쨍쨍 내리쬐던 멋진 날이었다. 며칠만 기다리면 꿈에 그
리던 나의 보트가 드디어 생기게 되었다. 하지만 무슨 이유에선
지 그 며칠을 얌전하게 기다리기가 힘들었다. 기름이 가득 채워
진 채 보트 하우스에 정박중인 아버지의 보트가 자꾸 눈앞에서
아른거렸다. 내 친구 마이키는 어떻게 내 속을 읽었는지 나를 충

동질하기 시작했다.

"내 보트 모는 실력을 보여 줄까? 걱정 마, 네 아빠 보트 고장 내지 않을 테니까. 아주 잠깐만 타고 갔다 놓으면 되잖아."

이 말에 나는 옳고 그름에 대한 판단력을 순간적으로 잊어버리고 말았다. 나는 절대로 아버지의 보트를 건드려서는 안된다는 것을 잘 알고 있었으면서도, 물살을 시원하게 가르며 달리고 싶다는 욕망과 재미에 대한 기대감에 굴복당하고 말았다.

우리는 보트에 올랐고, 마이키는 신이 나서 조정대가 있는 보트 후미로 향했다. 아버지의 보트는 특별나게 크거나 비싼 고급 보트가 아니었지만, 아버지에게는 선장실과 많은 선실이 딸린 순항선만큼이나 소중한 배였다. 마이키는 별 어려움 없이 시동을 걸었고, 우리는 도크에 매어 놓은 밧줄을 푼 다음 도크에서 멀어지도록 천천히 보트를 밀어내었다.

그 다음, 일어나서는 안되는 일이 일어났다. 마이키가 모터를 후진시키려 했을 때, 보트가 갑자기 위로 껑충 뛰어오르더니 무서운 속도로 거의 하늘을 날듯이 도크를 향해 돌진한 것이다. 보트 외장재인 나무가 쪼개지는 소리와 모터가 연발적으로 헛도는 음향이 고막을 찢을 듯 크게 들렸다. 나는 떠지지 않으려는 눈을 억지로 떠보았다. 아주 커다란 구멍 사이로 물이 콸콸 쏟아져 들어오고 있었다.

"아이고, 안돼! 이제 우린 어떡하지?"

앞으로 4시간 정도는 아버지를 만날 일이 없었다. 하지만 4시

간 후에 기다리고 있을 벌을 생각하니 아찔하기만 했다. 나는 주눅이 들었고, 그 4시간이 뭐라 말할 수 없이 길고 무서웠다.

드디어 아버지가 집에 돌아오셨을 때에는 너무나 겁이 나 아버지에게 사실대로 털어놓을 힘도 없었다. 그래서 여동생이 대신 사고의 전후 사정을 털어놓는 일을 맡았다. 그때 아버지의 얼굴 위로 지나가던 분노와 실망감이 뒤섞이던 표정이라니!

그 다음, 믿을 수 없는 두번째 일이 일어났다. 아버지는 야단을 치기는커녕 일언반구도 없이 그대로 몸을 돌려 나가신 것이다. 그렇다고 걱정이 사라질 수는 없었다. 우리는 겁에 질려 점점 콩알처럼 간이 작아지는 것을 느끼며 그 자리에서 꼼짝도 않은 채 기다렸다. 그리고 보트에 댈 판자와 사포, 페인트를 들고 집 안으로 들어오는 아버지의 모습을 보았다.

아버지는 우리에게 보트를 수리하라고 하셨다. 그것은 시간이 걸리는 일이었지만, 우리가 일을 마쳤을 때 보트는 거의 새것과 똑같아 보였다. 그 다음, 오, 놀라워라! 아버지는 그 보트를 나와 내 여동생에게 주신 것이다.

더할 수 없이 현명하신 그분은 바로 나의 늙은 아버지셨다. 그분이 우리에게 내린 그 벌은 어떤 벌보다 효과적이고 스스로를 반성하게 만드는 벌이었다. 아버지의 현명하심, 그런 아버지의 딸로 내가 자란 것은 정말 고맙고도 고마운 일이다.

텍사스 주 애머릴로에서 아를린 시콘

26

자신의 판단에 따라 행동할 것

바닐라 향기는 없다

우체국 옆 공터에 캔버스 천을 씌운 커다란 텐트가 세워지는 여름이 오면 내 가슴은 마구 흥분되었다. 그것은 처타구와 예술단이 도착했다는 신호로, 내가 자란 버지니아 주 작은 마을에서는 1년 중 가장 큰 행사였기 때문이다.

처타구와 예술단은 텔레비전이 안방을 차지하기 전에 노래와 춤, 마술과 연극은 물론 인기 연사들의 강연을 보여 주며 전국을 순회하던 공연 예술단이었다. 사람의 심금을 울리던 이들이 가는 곳이면 어디든지 장사진을 이루었다.

우리 마을만 해도 이들의 공연을 안 본 집이 한 집도 없을 정도였고, 개중에는 공연이 펼쳐지는 일주일 내내 공연장 바닥에 엉덩이를 붙인 채 일어날 줄 모르는 사람들도 많았다.

뭐니뭐니 해도 공연의 하이라이트는 삶의 의미를 생각하게 하는 인기 연사의 강연이었다.

열두 살 무렵, 나는 스스로를 머리 좋은 학자이자 사려 깊은

사유자라고 생각했다. 그래서 잘생긴 중년의 연사가 우리 마을
에 왔던 그해 여름, 나는 그 연사의 말을 하나도 놓치지 않으려
몸을 앞으로 기울이고 열심히 들었다.

연사가 입을 열었다.

"강연을 시작하기 전에 한가지 간단한 실험을 하고 싶습니다."

그는 주머니에서 다갈색의 작은 병을 꺼내더니 뚜껑을 연 다
음 높이 들어 올렸다.

"여러분도 바닐라 향기 정도는 잘 알 것입니다."

그가 말을 이었다.

"나는 지금부터 바닐라 향기가 얼마나 멀리까지 날아갈 수 있
는지 실험하려고 합니다."

그는 들고 있던 병을 살짝 흔들었다.

"바닐라 향기를 맡은 분은 손을 들어 주십시오. 그리고 내가
내리라고 할 때까지 계속 들고 계십시오."

그의 말이 끝나기 무섭게 앞좌석 관객들 손이 번쩍 올라갔다.

"아주 잘했어요!"

그는 신나게 소리를 질렀고, 관객들을 쳐다보며 병을 다시 흔
들었다.

"아주 좋아요!"

그의 말에 용기를 얻었는지 사방에서 손이 올라왔다. 나는 코
를 킁킁거려 보았지만 아무 냄새도 나지 않았다. 나는 나만 이방
인이 아닐까, 내 코에 문제가 있는 것은 아닐까 하는 열등감과

불안감에 휩싸였다.

그러더니 드디어 나도 안심하게 되었다. 달콤한 바닐라 향기를 맡은 것 같았기 때문이다. 나는 너무도 기뻐 번쩍 손을 들었다. 다른 사람들 대열에 끼일 수 있다는 사실이 이렇게 행복한지 처음 알았다.

연사가 들고 있던 병을 내리며 말했다.

"여러분 모두 정말 탁월한 후각을 가지고 있습니다. 하지만 이 병에 들어 있는 것은 물입니다. 순수한 물 말이죠"

연사는 잔에 물을 따른 다음 그 물을 마셨다. 나는 놀라고 당황했지만, 현명하게도 그냥 놀라기만 하지는 않았다. 그날 나는 상대가 누구든 성급하게 영향을 받아서는 안된다는 사실을 배웠고, 그 배움은 지금까지도 나를 돌아보게 하고 있다.

사물은 보여지는 것 그대로가 아닐 때도 있는 법이다. 자기 힘으로 느끼고 생각하는 것이 보여지는 것보다 더욱 중요하다.

버지니아 주 리치먼드에서 마가렛 캠벨

어려운 때일수록 낙천주의자가 될 것

세상에서 가장 비싼 벽지

세상 그 어디에서도 찾아볼 수 없는 희한한 벽지로 벽을 바른 나의 증조할아버지! 나는 증조할아버지의 벽지를 생각하면 아무리 어려운 상황이 닥치더라도 미소를 떠올릴 수 있다.

증조할아버지는 아주 큰 부자였다. 하지만 시작은 초라했는데, 조그만 수레에 온갖 물건을 담고 다리품을 파는 만물상으로 시작했다. 밤낮없이 열심히 일하고 개미처럼 돈을 모은 덕분에 그분은 일리노이 주에서 내로라 하는 부자로 성공했다. 이때 증조할아버지의 재산은 어마어마해서, 큰 도시 한 구역에 자리잡은 상점 전부는 물론 시대를 앞서가던 극장도 가지고 있었다.

그런데 그분이 거의 모든 재산을 채권에 투자한 것은 정말 애석한 일이었다. 1929년 경제 대공황을 맞았을 때, 이 채권은 휴지조각으로 변해 버렸고, 증조할아버지는 하룻밤 사이에 그 많던 재산을 거의 잃고 말았으니 말이다.

대공황은 많은 미국인들로부터 희망의 불씨를 앗아갈 정도로

엄청난 충격을 주었다. 증조할아버지와 가깝게 지내던 친구분들도 실의에 빠져 한동안 정신을 차리지 못하고 방황했다. 하지만 그분, 나의 증조할아버지에게 절망이란 어울리지 않았다.

그분은 행복이란 돈이 많고 적음에 따라 결정되지 않는다는 것을 아시는 분으로, 감탄할 만큼 인생을 낙관적으로 받아들였다. 심지어 아무 쓸모 없게 된 채권을 사무실 벽을 바르는 데 이용하는 여유까지 보였다. 그리고 친구분들이 찾아오면, 세상 어디에도 없을 희한한 벽지를 가리키며 껄껄 웃으시곤 했다.

"이것 봐, 나만큼 큰 부자 있으면 나와 보라 그래."

세월이 흘러 증조할아버지는 돌아가셨다. 선친이 남긴 벽지를 바라보던 자식들은 혹시 저 채권이 이제는 효력이 있지 않을까 하는 생각이 들었다고 한다. 그래서 그들은 벽지(채권) 한장 한장에 일일이 김을 쏘이며 조심스럽게 하나씩 떼어 낸 다음 혹시나 하는 생각에 상환신청을 냈다. 그러자 놀랍게도 이 채권은 6명이나 되는 형제 자매들이 각자 집 한 채씩을 마련할 수 있을 정도로 엄청난 돈이 되었다.

증조할아버지가 사랑하는 후손에게 남기신 유산은 채권이 아니라 세상을 바라보는 여유로운 눈길이다. 그분에게 돈을 잃은 것은 아주 작은 것을 잃은 것일 뿐이었다. 재산이 있든 없든 상관없이 그분은 자신의 생을 열심히 살아가셨다. 어떠한 외부의 악조건도 그분에게서 삶에 대한 긍정적인 시각을 빼앗아 가지 못했다.

　살아가면서 겪게 되는 숱한 어려움 때문에 지금 이 순간이 더 없이 힘겹게 보일지라도, 만약 견디어 낼 긍정적인 마음만 있다면 그 어려움은 작은 미소로 바뀔 수 있을 것이다.

캘리포니아 주 샌디에이고에서 토니 오언

가족이란 같은 팀, 팀워크를 잊지 말 것

같은 방향으로

드디어 일이 터졌다.

우리집은 네 살짜리부터 시작해서 열일곱 살까지 아이가 일곱이나 되었는데, 문제는 양보심이나 협동심이라고는 눈곱만큼도 없다는 점이다. 아이들은 하나같이 서로를 비난하기에 바빴으며, 말싸움이 그치지 않았다.

"오빠가 이랬고, 언니는 저랬어요."

"난 꼭 이걸 해야 하는데, 언니가 하지 못하게 하잖아."

"언니가 해준다고 약속해 놓고, 아직도 하지 않았어."

매사가 이런 식인 아이들에게 마무리를 짓는 것을 기대하기는 어려웠으며, 언제나 반쯤 하다 마는 경우가 다반사였다. 그래서 드디어 참다 못한 남편이 가족 모두를 식당으로 불러 놓고 중대 발표를 하기에 이른 것이다.

조지아 주 남부에서도 깊은 산골에서 자란 남편은 이제 시골 식으로 말하고 있었다. 그는 종이 한 장을 꺼내 그 위에 그림을

그리기 시작했다.

"여기 건초 더미를 가득 실은 낡은 수레가 있어. 우리는 이 수레를 목적지까지 끌고 가야 해."

그는 아이들을 하나씩 찬찬히 들여다본 다음 말을 이었다.

"그렇게 하려면 수레를 목적지까지 끌고 갈 가축을 묶는 게 우선이겠지. 말이나 당나귀, 늙은 노새 어느 것으로 상상해도 좋다. 아무튼 두 마리씩 묶는 거야. 나는 여기 앞쪽에 당나귀 두 마리를 묶고, 그리고 뒤쪽에도 두 마리, 또 옆쪽에도 두 마리를 묶었어. 자, 이제 당나귀들을 다 묶었다 치고, 그럼 우리는 수레에 올라타고 당나귀를 출발시키겠지. 그런데 이 수레가 어디로 갈 것 같아?"

아이들은 기가 막히다는 듯이 남편의 얼굴을 쳐다보았다.

"치, 어디긴 어디로 가겠어요? 아무 데도 못 가지!"

아이들이 하나같이 대답했다.

"당나귀들이 모두 다른 방향으로 가게 그렸잖아요."

"바로 그거야. 우리 가족이 하고 있는 짓도 이 당나귀들과 똑같아."

남편은 아이들의 눈을 보며 말했다.

"우리는 저마다 자기가 원하는 곳으로만 가려고 고집을 부리는 당나귀와 똑같아. 하지만 이런 식으로 행동하는 건 우리에게 아무런 도움이 안되고 할 수 있는 일은 아무것도 없을 거야."

그가 덧붙였다.

　"하지만 만약 당나귀들을 모두 한쪽으로 데리고 와서, 일제히 같은 방향을 보도록 묶으면 어떻게 될까? 이제 여기 그려진 수레는 앞으로 나갈 수 있어. 아주 쉽게 말이야. 가족도 마찬가지야. 우리 모두가 하나로 뭉치면 살기가 훨씬 편해지지."

　이날, 당나귀가 끄는 수레 이야기는 우리 아이들 머릿속에 쏙쏙 들어갔다. 남편은 가족이란 함께 뭉쳐야 한다는 사실을 아주 쉽지만 더이상 다른 설명이 필요없을 정도로 정확하게 가르쳐 주었다.

조지아 주 애선스에서 메리 루 민글도르프

맛있는 음식일수록 나누어 먹을 것

오렌지 향기를 나누며

독일에서 태어나고 자란 나는 제2차 세계대전이 끝났을 때만 해도 아직 어린 소녀였다. 우리 가족은 할머니와 어머니, 오빠 둘 그리고 내가 전부였다.

어머니는 하루종일 밖에 나가 일을 해야 했음에도 저녁시간은 늘 가족들과 같이 보내려고 노력하셨다. 하지만 전기가 귀했던 시절이어서 해가 떨어진 이후에 우리가 할 수 있는 일은 그리 많지 않았다. 그래도 어머니는 커다란 식탁 위에 가솔린 램프를 밝히고 이야기책을 읽어 주셨고, 우리는 마치 책 속의 주인공이라도 된 것처럼 이야기 속에 빠져들곤 했다.

우리집 식탁에는 크리스털 그릇이 항상 놓여 있었는데, 어머니는 특별한 음식이 생길 때마다 이 그릇에 담아 내셨다. 그러던 어느날 저녁, 보통은 사과가 들어 있던 이 그릇에 노란 오렌지가 가득 채워져 있었다. 전쟁 직후여서 먹거리를 구하기가 힘들었고 더구나 오렌지는 귀한 과일이어서 먹기는커녕 구경한다는 것

조차 아주 특별할 때였는데 말이다. 솔직히 그날 나는 생전 처음으로 오렌지를 구경했다.

이야기책을 다 읽어 주신 어머니는 오렌지 하나를 집더니 가족 숫자만큼 쪼개셨다. 방 안 전체에 말로 형용할 수 없는 달콤한 향기가 퍼져 나갔다. 오렌지를 다 먹은 다음에도 우리는 아쉬운 눈으로 크리스털 그릇을 쳐다보기만 했다. 그러자 어머니가 이번에는 한 사람 앞에 하나씩 오렌지를 나누어 주시는 것이 아닌가!

오빠들은 마파람에 게눈 감추듯 자기 몫의 오렌지를 먹어 치웠지만, 나는 그냥 먹어 버리기가 너무 아깝고 서운했다. 내일 제일 친한 친구를 만나 오렌지를 자랑하고 싶었다.

내가 계속 오렌지를 먹지 않고 만지작거리는 것을 본 어머니가 말씀하셨다.

"도리스, 그건 네 오렌지야. 네가 이 자리에서 먹으면, 너 혼자 다 먹을 수 있어. 하지만 만약 친구에게 보여 줄 생각이라면, 넌 친구와 나눠 먹어야 한단다."

혀끝에 감돌고 있는 천국 같은 오렌지 맛을 그것을 먹어 보지 못한 사람에게 어떻게 설명한담? 그리고 세상에는 이렇게 멋진 맛이 있다는 것을 혼자만 알고 지내는 것도 좋은 일은 아니잖은가? 나는 내가 가장 좋아하는 여자친구와 오렌지를 나눠 먹기로 작정했다.

이튿날, 친구와 나누어 먹은 오렌지 맛은 그 전날 먹었을 때보

다 훨씬 기가 막혔다. 친구와 나는 손만 뻗으면 나뭇가지에서 열매를 딸 수 있을 만큼 넓디넓은 오렌지 농장에 서 있는 행복한 상상을 해보았다.

나는 독일에서 캘리포니아로 이사올 때 어머니가 쓰시던 크리스털 그릇을 가져왔다. 그 그릇은 이제 오렌지가 가득 채워져 항상 내 식탁을 장식하고 있다.

지금도 맛있는 음식이 생길 때마다 꼭 누군가와 나눠 먹고 싶은 마음이 드는 것은 어린 시절, 혼자 먹는 것보다 나누어 먹는 기쁨과 맛이 몇 배나 크다는 것을 가르쳐 주신 어머니 때문일 것이다.

캘리포니아 주 댄빌에서 도리스 아인지거

빚이 있으면 먼저 갚을 것

내 돈이 아니라니?

"오, 애야, 미안하구나. 하지만 이 5달러는 네 돈이 아니야."

나는 얼이 빠져 할아버지를 멍하니 쳐다보았다. 내 돈이 아니라니? 할아버지가 지금 무슨 말을 하는 거지? 나는 아무리 생각해도 이해가 되지 않았다.

나는 언니와 함께 미주리 주에 있는 할아버지 댁 농장에서 여름방학을 보내는 중이었다. 바로 이웃집을 찾아가려고 해도 자동차로 몇 마일을 달려야 하는 그곳은 대규모 딸기농사지역이었다. 농사짓는 땅이 워낙 컸기 때문에 딸기를 수확할 때가 되면 일손이 무척 바쁜 곳이기도 했다.

이웃 농장에서 할아버지에게 도와 달라고 부탁했을 때, 나도 옆에 있었다. 나는 할아버지에게 따라가도 되냐고 물었다. 10세밖에 되지 않은 소녀였지만, 일찍부터 경제감각에 눈을 떴는지 나는 내 힘으로 돈을 버는 데 정신이 쏠려 있었던 모양이다. 할아버지와 할머니는 한번 일을 해보라고 승낙해 주었다.

　다음날 동트기 무섭게 움직였음에도 우리가 이웃의 딸기밭에 도착했을 때는 이미 많은 일꾼들이 모여 있었다. 할아버지는 농장주인인 굿나이트 씨에게 나를 소개시켰는데, 그는 나이가 들었지만 아주 덩지가 크고 유쾌한 멋쟁이였다. 그는 딸기를 너무 많이 따먹지 말라는 주의와 함께 바구니를 건네 주었다.

　딸기를 따서 바구니에 담는 시범은 할아버지가 보여 주었다. 말이 바구니이지 실제로는 1파운드 반 정도를 담을 수 있는 나무로 만든 상자였다. 우리가 6개의 상자에 딸기를 다 채운 다음 굿나이트 씨에게 가져가면, 그는 상자의 무게를 달고 표시를 해 둔다. 그리고 일이 끝나면 각자가 채운 상자 수를 계산해서 돈을 받으면 되었다.

　나는 할아버지 옆에 바싹 붙어다니며 열심히 바구니를 채워 갔다. 나는 이렇게 크고 탐스럽고 물이 많은 단 딸기를 본 적이 없었다. 딱 하나만 맛보고 싶은 마음이 굴뚝 같았다.

　딸기를 따는 게 등이 휘는 힘든 일이라는 것을 알기까지 오랜 시간이 걸리지 않았다. 나는 허리를 굽혔다 폈다 하기보다 무릎으로 기어다니는 편이 훨씬 편하다는 것을 알게 되었다. 이 방법이 넝쿨과 잎 사이에 숨어 있는 딸기를 찾아내기도 훨씬 쉬웠다. 비록 일이 힘들긴 했지만 할아버지와 이야기도 나누고 중간중간 장난도 치면서 일했기 때문에 심심하지는 않았다.

　드디어 기다리고 기다리던 순간이 다가왔다! 굿나이트 씨는 5달러를 내놓았다.

할아버지와 5달러

할아버지 댁으로 돌아오는 길 내내 나는 그 돈을 꺼내 이리저리 뒤집어 보고, 무작정 돈의 감촉이 좋아 만지고 또 만졌다. 얼굴에 흐뭇한 미소가 번지는 것을 숨길 수 없었으며, 얼른 할머니에게 자랑하고 싶어 안달이 났다.

그런데 최악의 재앙이 떨어진 것이다. 집에 돌아오자 할아버지는 그 돈이 내 돈이 아니라고 선언한 것이다!

"그게 무슨 말이에요, 할아버지? 난 이 돈을 벌려고 하루종일 일했어요. 그런데 왜 내 돈이 아니라고 하시죠?"

나는 억울해서 따져 물었다.

할아버지는 나를 당겨 무릎에 앉혔다. 그리고 양 갈래로 땋은 내 머리를 쓰다듬으며 부드러운 음성으로 물었다.

"너 저번에 언니하고 할머니를 따라 쇼핑 갔을 때 언니에게 5달러 빌렸지?"

나는 고개만 간신히 끄덕거렸다. 할아버지가 어떻게 그 일을 알아냈을까?

"만약 호주머니에 5달러가 있다고 해보자. 그런데 그 사람이 누군가에게 5달러를 빚졌어. 그럼 그 돈은 그 사람 것이 아닌 거야."

내가 언니에게 5달러짜리 지폐를 건넬 때 가슴이 찢어지도록 아팠음은 두말 할 필요가 없다. 하지만 지금, 할아버지의 그 원칙은 내게 강렬한 인상으로 남아 있다. 나는 빚이 있으면 언제나

약속한 날짜에 갚아 왔고, 돈이 생기면 가장 먼저 빚을 갚는 것을 원칙으로 살고 있다.

  성실과 정직에 대한 할아버지의 가르침이야말로 항상 그분을 기억나게 하는 힘이다. 할아버지, 감사합니다.

애리조나 주 유마에서 패트 커티스

감사하는 마음을 잊지 말 것

산타클로스의 등장

"쉬잇, 조용히 해! 저기 온다!"

나는 숨을 죽이고 기다리고 있었다. 왜 이렇게 꾸물거린담? 산타 할아버지가 이번에는 늑장을 부린다는 불안감에 내가 막 불평을 하려는 찰나, 산타클로스가 방 안으로 들어오기 시작했다.

산타 할아버지는 빨간색 옷에 반짝반짝 빛나는 부츠를 신고, 깜짝 선물을 가득 채운 아주 커다란 가방을 메고 서 있었다. 잠시 걸음을 멈추고 방 안을 두리번거리던 그는 모두 잠들어 있는지 귀를 쫑긋 세웠다.

우리는 만약 깨어 있다는 것을 들킬 경우 산타 할아버지가 그대로 방을 나가 다시는 돌아오지 않을지도 모른다는 불안감에 각자 숨어 있는 곳에서 벌벌 떨고 있었다.

우리는 언제나 크리스마스 이브가 되면 모두 자신이 해야 할 일을 정하고, 연습까지 했다. 그러나 뭐니뭐니 해도 가장 중요한 일은 산타클로스가 잘 보이는 위치를 먼저 잡는 것이었다. 14명

이나 되는 나의 형제 자매들과 어머니, 아버지, 그리고 그해 크리스마스를 우리집에서 보내는 사람들은 숨을 곳을 찾아내기 위해 며칠 전부터 머리를 쥐어 짜내야 했다.

뚝심 좋은 동생들은 벽난로 속에 쭈그리고 숨기도 했다. 물론 산타클로스가 굴뚝으로 들어올 경우를 대비해서 사전에 벽난로 안을 먼지 하나 없이 반짝반짝할 정도로 청소를 마친 상태였다. 우리는 또한 산타클로스 눈에 띌 만한 틀림없는 곳에 우유와 과자를 미리 차려 놓는 것도 잊지 않았다.

모든 준비가 끝나면 우리는 침대에 누워 잠든 척하는 것이다. 잠귀가 아주 밝은 할아버지는 산타클로스가 타고 오는 커다란 썰매 소리를 맨 먼저 듣는 사람이었고, 짤랑대는 방울 소리가 들리면 우리 모두에게 신호를 보냈다.

"산타 할아버지가 오신다. 빨리 숨어!"

이제 산타클로스는 방해될 것이 없다는 것을 확인하자 드디어 선물 보따리를 열고 선물을 하나하나 꺼내기 시작했다.

"어디 보자…… 제이미. 제이미는 올해 정말 누나들과 사이좋게 잘 지냈지."

산타클로스는 이렇게 말한 다음 크리스마스 트리 밑에 선물 하나를 놓았다. 그는 계속 가족들 하나하나의 이름을 부르면서 선물을 내려놓았다. 절반 정도 우리 가족의 이름을 부르며 선물을 놓았을 때, 산타클로스는 잠시 자리에 앉아 우리가 준비해 둔 과자 하나를 베어 물고 우유를 마셨다. 우리는 산타 할아버지가

이대로 먹기만 하고 선물 주는 것을 잊을까봐 얼마나 가슴 졸였는지 모른다.

모든 선물을 보따리 속에서 꺼내 크리스마스 트리 밑에 쌓은 후 산타 할아버지는 굴뚝으로 다가가 굴뚝을 쳐다보았다.

"올해 과연 저 굴뚝 위로 올라갈 수 있을까?"

산타 할아버지는 혼잣말로 중얼거렸다.

"안돼. 굴뚝을 올라가기에는 난 너무 늙었어."

그가 굴뚝으로 올라가지 않기로 마음을 정한 것은 벽난로 속 구석에 숨어서 숨을 죽이고 있던 동생 둘에게는 너무도 다행스러운 일이었다. 대신 그는 「메리 크리스마스!」 하고 외치고는 뒷문으로 사라져 갔다. 문이 닫히는 소리가 나기 무섭게 우리는 숨은 곳에서 뛰쳐나와 자기의 선물을 풀어 보기 시작했다. 기쁨에 겨운 비명과 행복한 웃음소리가 뒤엉켰다.

사라진 크리스마스 선물

불행한 일은, 그해 두 소년은 산타 할아버지의 선물이 마음에 들지 않은 것이었다. 그들이 주문한 것과 다른 선물이었다. 산타 클로스는 그들이 그 선물을 가지기에는 아직 너무 어리다고 판단했는지 다른 선물을 준비한 것이다. 아무튼 두 소년은 실망해서 툴툴거렸고, 고마워해야 한다는 것을 잊고 말았다. 더 나아가 다른 사람들도 자신들처럼 비참해지게 하려고 갖은 심술을 다 부렸다.

　드디어 밤이 깊어 모두가 진짜 꿈나라로 들어갈 시간이 되었다. 하지만 감사할 줄 모르는 두 소년은 새벽까지 잠을 자지 않고 툴툴거렸다. 그런데 놀라운 일이 일어났다. 그 다음날 일어났을 때 두 소년의 선물이 쥐도 새도 모르게 사라진 것이다! 산타 할아버지가 지난밤 다시 순록을 타고 돌아와 선물을 회수해 간 것이었다! 그리고 사라진 장난감은 다시 볼 수 없었다.

　크리스마스는 선물을 주고받는 명절이지만, 모두에게 너무 과하지 않은 선물이어야 한다는 것이 우리 가족의 분위기였다. 어느 누구도 인생에서 자신이 원하는 전부를 얻을 수 없다. 그보다는 지금 자신이 가지고 있는 것에 감사해야만 한다. 이런 점에서 그 먼 옛날의 크리스마스를 우리 가족은 결코 잊지 못할 것이다.

　지금도 매해 크리스마스가 돌아오면 우리집 아이들은 산타클로스에게 가지고 싶은 선물을 적은 편지를 쓰면서 다음 말도 잊지 않는다.

　"산타 할아버지, 우리는 할아버지가 어떤 선물을 주시든지 감사하게 받겠습니다."

작자 미상

편견 없이 있는 그대로 상대방을 바라볼 것

단짝 친구 베츠와 제퍼슨

밀워키 아동병원 복도에는 쾌활한 아이들의 웃음소리와 크리스마스 캐롤이 흐르고 있었지요. 바깥으로 나 있는 창문에는 눈이 달라붙고 있었어요. 바야흐로 크리스마스 시즌이 가까운 것입니다. 하지만 우리집 막내에게는 행복한 시간이 아니었습니다. 두 살짜리 베츠는 백혈병에 걸려 있었으니까요.

태어날 때부터 다운증후군에 걸렸던 베츠는 말하는 것도 걷는 것도 느렸습니다. 하지만 그 누구보다도 사람을 빨리 알아보고, 빨리 사랑할 줄 알았으며, 빨리 행복해지는 축복을 받은 아이였습니다.

매일 오후 내가 병실로 달려갈 때마다 베츠는 활짝 웃으며 나를 꼭 껴안고 더없이 반겨 주었습니다.

한편 베츠의 옆 침대에는 다섯 살짜리 제퍼슨이 누워 있었는데, 병실에 들어서는 내 모습을 볼 때마다 소리를 지르곤 했습니다.

"야, 베츠, 저기 봐! 너네 엄마야!"

베츠와 제퍼슨은 단짝이었죠. 두 아이는 병원 담요에 얼굴을 숨겼다가 「까꿍!」 하며 장난치기를 무척 좋아했죠. 베츠가 간혹 침대 난간 너머로 장난감을 떨어뜨리면, 제퍼슨은 친구를 위해 떨어진 곳까지 기어가 장난감을 주워 주었습니다. 그러면 베츠는 깔깔 웃은 다음 「타타」 하고 말했는데, 이 말은 바로 「고마워」라는 뜻이었습니다.

하루는 내가 병실에 들어갔을 때, 베츠는 낮잠을 자고 있었습니다. 제퍼슨은 자기 입술에 손가락을 대며 깨우지 말라는 신호를 했습니다. 딸아이가 몸을 뒤척이다가 눈을 떴고, 바로 옆에 내가 앉아 있는 것을 보고는 팔을 활짝 벌렸습니다. 나는 아이를 꼭 안고 부드러운 금발에 입을 맞추었습니다.

"음마, 음마."

딸아이는 열심히 내 얼굴을 쓸고 또 쓸었습니다.

딸아이의 침대 옆에는 딸이 먹을 저녁 쟁반이 놓여 있었습니다. 나는 딸아이를 무릎에 올린 다음 음식을 떠서 먹이려 했습니다. 하지만 딸아이는 입술을 꾹 다물고 숟가락을 피해 고개를 이리저리 돌리기만 했습니다. 자기 침대에 앉아 무릎에 쟁반을 올리고 있던 제퍼슨은 (그애는 침대에서 식사하는 것을 좋아했습니다) 큰 소리로 이렇게 말했습니다.

"냠냠, 베츠야, 아유 맛있어. 베츠야, 먹어 봐!"

제퍼슨은 연신 함박웃음을 지으며 열심히 먹는 시늉을 보여

주었습니다. 하지만 베츠는 여전히 고개를 저었고, 주스 잔만 잡으려 했습니다.

"고마워, 제퍼슨."

내가 말했습니다.

"날 도와 줘서 고마워. 하지만 간호사에게 말하는 것이 더 낫겠어."

천사들의 손

나는 베츠를 어깨에 닿게 안았는데, 내 옷을 통해 느껴지는 아이의 체온은 너무나 뜨거웠습니다. 아이는 팔을 축 늘어뜨렸고 눈은 반쯤 감겨 있었습니다. 우리는 천천히 복도를 지나 간호사실을 찾아갔습니다. 제퍼슨도 침대에서 내려와 우리 뒤를 따라왔습니다. 그는 힘없이 흔들거리는 베츠의 손을 다정하게 꼭 잡아 주었습니다. 우리 세 사람은 씩씩하게 행진을 했습니다.

"베츠가 열이 아주 높군요."

간호사가 말했습니다.

"아무래도 의사 선생님을 불러야겠어요. 아이를 다시 침대까지 데려다 주실 수 있죠?"

"아, 물론이죠."

그래서 우리는 파스텔 색조의 병실로 돌아갔습니다. 다시 한 번 일련의 행진을 한 것이죠. 꼭 잡은 베츠의 손을 놓지 않고 보조를 맞추려 제퍼슨은 슬리퍼를 질질 끌어야 했습니다.

나는 딸아이를 흔들의자에 앉혔습니다.

"베츠야, 이걸 봐. 여기 네가 좋아하는 곰인형이 있어."

제퍼슨이 달랬습니다. 걱정을 담은 그 아이의 눈은 사랑과 상냥함으로 빛났습니다. 제퍼슨은 내가 딸아이를 안아 흔들고 달래는 내내 우리 옆에 서서 한순간도 베츠의 손을 놓지 않았습니다. 그리고 다른 손으로는 베츠에게 키스를 보내 주었지요.

"베츠, 사랑해."

그 순간 베츠가 눈을 떴고, 애써 미소를 지어 보이더군요.

의사 선생님이 병실에 들어왔습니다. 그는 베츠를 다른 환자들과 접촉하지 못하도록 다른 층에 있는 개인용 병실로 옮겼습니다.

그날 이후 우리는 제퍼슨을 보지 못했습니다. 하지만 내 가슴 속에는 한 장의 사진이 영원히 각인되어 있습니다. 딸아이의 자그마한 분홍빛 손과, 그보다 약간 큰 초콜릿빛 손이 부드럽고 편안하게 겹쳐져 있는 그림입니다.

한 아이는 흑인이고, 한 아이는 장애아인 두 아이의 마주잡은 손. 사랑이 무엇인지 알고, 편견이 얼마나 쓸데없는 것인지를 알고 있는 천사들의 손이었습니다.

위스콘신 주 밀워키에서 메리 로지나 베어

진정한 선물은 자신을 희생하는 것

루퍼스에 걸린 조디

「반지와 보석은 선물이라기보다 무엇인가를 잘못했을 때 사과의 뜻에서 줄 경우가 많다. 진정한 선물이란 당신의 일부를 주는 것이다」라고 랠프 왈도 에머슨은 말했습니다.

우리는 다른 사람에게 애정을 표현할 때 선물을 주는 경우가 많습니다. 하지만 최상의 선물에는 희생이 따라야 하지 않을까요. 몇 년 전, 내 아들은 누나인 조디에게 진정한 선물인 생명을 주었습니다.

1994년, 내 딸 조디는 넷째 아이를 낳았습니다. 하지만 조디는 출산 후 기운을 차리지 못했습니다. 처음에는 관절 부위가 붓고 쑤셔 온다고 하더니 날이 갈수록 몸이 더욱 약해졌습니다.

조디는 결국 루퍼스라는 진단을 받았습니다. 루퍼스란 면역체계가 몸 안의 중요기관을 파괴시켜 결국에는 생명까지 위협하는 무서운 질병입니다. 조디는 독한 약물치료를 받기 시작했습니다. 하지만 불과 몇 년이 지나지 않아 조디의 신장은 완전히 기능을

상실하게 되었고, 그 여파로 심장까지 심각한 상황에 놓이게 되었습니다. 의사들은 그녀가 살아날 수 있는 유일한 희망은 신장 이식뿐이라고 털어놓았습니다.

소식을 들은 우리 가족은 저마다 자기 신장을 내놓겠다고 나섰습니다. 하지만 신장 이식은 마음만 먹는다고 될 일이 아니었습니다. 조디의 몸이 이식된 신장에 적응하기 위해서는 이식자와 혈액형도 같아야 하고 세포조직도 맞아야 했습니다. 우리 가족은 모두 조직검사를 받았는데, 오직 데이비드만이 여러가지로 누이와 조건이 맞다는 결론이 나왔습니다.

데이비드는 기꺼이 자기 신장을 내놓겠다고 나섰지만, 어미인 나는 사실 데이비드가 수술을 두려워한다는 것을 누구보다 잘 알고 있었습니다. 데이비드는 어렸을 때 다리 수술을 받은 적이 있었는데, 수술 후에도 오랫동안 양쪽 다리 모두 깁스를 하고 다녔기 때문입니다.

그 일이 있은 후부터 데이비드는 의사와 병원을 아주 무서워했습니다. 그럼에도 데이비드는 주저하지 않았고, 수술을 받겠다는 데 동의했습니다.

데이비드의 진정한 선물

드디어 수술날이 되었습니다. 우리 가족은 대기실에서 조디와 데이비드 모두 무사하길 기도하며, 초조한 마음으로 기다리고 있었습니다. 하지만 그때 나는 무언가 특별한 기운이 지나가는

것을 분명히 느꼈습니다.

　수술실 문이 열리더니 간호사가 나오더군요. 나는 얼른 간호사에게 뛰어갔습니다.

　"무슨 일이죠?"

　"수술 중간에 문제가 생겼습니다."

　간호사가 말했습니다.

　두 아이에 대한 공포와 두려움이 물밀듯 밀려왔습니다. 나는 아무 생각 없이 무작정 수술실 안으로 뛰어들어갔습니다. 의사들은 느닷없는 나의 출현에 놀랐지만, 침착하게 상황을 설명해 주더군요.

　수술이 진행되는 동안 조디의 심장이 갑자기 멈춰서 딸아이를 살리기 위해 수술을 중단하지 않으면 안되었다는 것입니다. 그때 이미 데이비드의 몸은 절개된 후였지요. 의사들은 조디가 수술을 충분히 견디어 낼 수 있을 때까지 기다리기로 하고 데이비드의 수술부위를 다시 꿰맸습니다.

　마취에서 깨어나자 데이비드는 심한 통증을 호소했습니다. 배 한가운데를 26cm나 가르고, 신장을 꺼내기 위해 갈비뼈 하나를 드러낸 상태였으니까요. 그런데 마취에서 깨어난 후 의사로부터 「수술이 아직 끝나지 않았다. 다음날 똑같은 수술을 다시 받아야 한다」는 말을 들었다고 상상해 보십시오!

　하지만 데이비드는 의연하다 싶을 정도로 잘 참았습니다. 그는 재수술해 줄 것을 부탁했고, 수술은 즉시 재개되었습니다. 데

이비드가 회복하려면 몇 달이 필요한 데 비해 조디의 몸은 믿을 수 없을 만치 빠르게 호전되었습니다. 새로 이식받은 신장이 정상적으로 작동되기 시작하면서 조디의 얼굴빛은 금세 좋아졌습니다.

데이비드는 누나에게 「생명」이라는 진정한 선물을 했습니다. 수술을 받기 전 의사들은 조디가 3개월밖에 못 살거라 했지만, 조디는 지금까지 아주 건강하게 살아 있습니다.

유타 주 바운티풀에서 마리에타 클라크

행복지수를 높이려면 긍정적으로 살 것

긍정적인 사람과 부정적인 사람

내 남편은 비행기를 무척 좋아하는 남자였습니다. 대학을 졸업한 다음 해군에 입대했고, 그후 항공모함에 배치된 전투기 조종사가 되었습니다. 14년이 지나자 남편은 미 항공모함 USS 미드웨이의 비행 중대장으로 일본 요코스카에 배치받았습니다.

우리는 집에서 키우던 개를 할아버지에게 맡긴 다음 본격적인 이사준비를 시작했습니다. 가재도구는 배에 싣기 좋게 상자에 집어넣는 등 이런저런 이사준비를 하는 데 6개월이 걸렸습니다. 그리고 우리는 4명의 아이들을 데리고 새로운 보금자리인 일본을 향해 태평양 하늘을 가로질러 날아갔습니다.

남편의 비행 중대원들은 보통 2년 6개월 동안 일본에서 복무했습니다. 중대장 부인인 나는 장교가 새로 부임해 올 때마다 남편과 함께 장교와 그의 가족을 맞이했습니다. 나는 그들이 새로운 환경에 잘 적응하고 편안하게 느끼도록 최선을 다해 도와 주고 싶었습니다.

　새로운 장교와 가족이 오면 우선 보온병에 핫 초콜릿을 담고 이스트를 넣은 빵을 만들어 해군 사택에 있는 그들의 방에 놓아 두었습니다. 그리고 비행으로 인한 시차에 적응되고 피로도 가실 만한 시간이 지나면 장교 부인에게 먼저 전화를 걸어 인사를 나누었습니다.

　외국에서 오랫동안 지내는 일은 쉬운 일이 아닐 것입니다. 그들이 모두 잘 지내기를 바라는 것은 내 욕심인지도 모르지만, 아무튼 나는 일본에 부임하는 장교 가족과 처음 만나는 자리에서 몇 가지 반응만으로 그들이 앞으로 일본에서 잘 생활할 수 있을지 여부를 충분히 짐작하는 눈이 생겼습니다.

　첫번째 부류는 외국 땅에서 사는 것이 고생스러울 거라 생각해 불만과 억울함에 못 이겨 발길질을 하고 악을 쓰는 사람들입니다. 두번째 부류는 앞으로 어떤 모험이 펼쳐질까 하는 열린 마음으로 세상의 또 다른 부분과 새로운 사람을 만날 기대감에 부풀어 있는 사람들입니다.

　재미있는 것은, 이들이 일본에서 떠날 때 느끼는 행복지수는 하나같이 그들이 처음에 기대하고 예상한 그대로 이루어진다는 사실입니다. 처음에 불평을 했던 회의주의자들은 끝까지 바깥 활동을 꺼리고 아무것과도 관련맺으려 하지 않았습니다.

　반대로 긍정적인 기대를 했던 사람들은 일본 각지에 흩어져 있는 국보를 찾아다니며 역사공부도 하고, 가부키 연극도 관람하고, 다도도 배우고, 기차를 타고 도시와 멀리 떨어져 있는 수

많은 섬을 여행하기도 했습니다. 또, 일본과 가까운 한국·홍콩·싱가포르 같은 나라로 여행을 즐기고 즐겁게 쇼핑도 했습니다. 그리고 영어 발음 때문에 고민하는 일본인 장교 부인과 사업가 부인들에게 영어를 가르치며 친교를 맺기도 했습니다.

이런 과정에서 그들은 평생을 함께할 소중한 친구를 만들어 갔습니다.

나는 생후 6개월 된 노란 머리의 내 아들을 안고 기차나 버스를 탈 때면 일부러 검은 머리의 아기를 등에 업은 일본 어머니들 옆자리를 찾아 앉았습니다. 검은 머리와 노란 머리는 겉으로 드러난 차이일 뿐 우리가 서로에게 많은 것을 배우고 가르쳐 주는 데는 아무런 장애가 없었습니다.

사람에게는 단 한번의 일생이 주어질 뿐입니다. 순간은 째깍거리며 왔다가, 가버리면 다시는 돌아오지 않습니다. 이렇게 매 순간순간이 소중한데, 부정적인 시각으로 슬퍼하며 시간을 허비하는 것은 너무나 억울하고 부끄러운 짓입니다.

모든 일에서 자기의 시간으로 만들 수 있는 최선의 방법을 찾아보십시오. 인간은 자신이 바라고 기대하는 그대로 이루어질 수 있는 존재라는 것을 기억하세요.

오클라호마 주 털사에서 잔 플라워

부모님의 사랑이 늘 곁에 있음을 기억할 것

날개를 활짝 편 독수리처럼

영국이 제2차세계대전에 뛰어들었던 1939년, 나는 아홉 살이었단다. 아버지는 기독교청년회(YMCA) 대장이었는데, 레크리에이션으로 전쟁에 지친 병사들의 사기를 돋우라는 임무를 맡게 되었어. 그래서 우리는 아버지의 부임지인 포병대가 있는 북웨일즈의 라일로 옮겨 가게 되었어.

전쟁 초기, 독일 공군은 영국의 핵심 공업도시인 리버풀과 맨체스터를 집중적으로 공격했고, 따라서 그 중간인 라일의 상공을 경유하는 일이 잦았단다. 라일은 군사적으로 굉장히 중요한 곳이었어. 적기가 우리 땅의 공격지점에 도달하기 전에 쏘아 떨어뜨리거나, 설사 사전에 적의 폭격기를 저지하지 못했더라도 적어도 본대로 돌아가는 길을 차단시켜야 하는 곳이었거든.

독일 폭격기들은 언제나 전투기의 호위를 받고 나타났단다. 그러면 영국 포병대들은 폭격기와 전투기를 맞추려 하늘을 향해 대포를 뻥뻥 쏘아대는 무시무시한 전투가 일어나는 거야.

　그런데 아무것도 보이지 않는 캄캄한 밤이 문제였어. 우리가 서치라이트를 비춘다 해도 적의 전투기는 귀신처럼 뚫고 들어왔거든. 서치라이트보다 낮게 저공 비행할 수만 있다면 조명부대를 한번에 소탕할 수 있다는 것을 독일 조종사들은 알고 있었던 거지.

　우리 가족이 살던 **YMCA** 회관에서 좀 떨어진 곳에는 콘크리트로 만든 반공호가 있었어. 앵 하고 사이렌 소리가 울리면 그건 적기가 다가오고 있거나 이미 머리 위로 지나간다는 신호였기 때문에 사람들은 얼른 방공호 속으로 대피했지.

　당시 어머니는 천식을 심하게 앓고 있었어. 사실은 폐기종에 걸렸던 것인데, 그때만 해도 폐기종이 어떤 병인지 몰랐고 치료법도 알려지지 않던 시절이었어. 아무튼 어머니는 일단 숨이 차오르면 걸음을 떼기는커녕 다른 육체적인 활동도 거의 불가능할 정도로 심한 천식 환자였어.

　그러던 어느날 공습경보 사이렌이 하늘을 뒤덮었어. 어머니는 한 손으로 남동생을 안고 다른 한 손으로 내 손을 잡더니 아주 빠르게 달리기 시작했어. 한쪽 발이 땅에 닿기도 전에 다른 발을 옮기는 것 같았지.

　아무튼 난 그때 공기를 가르며 날고 있는 기분으로 달렸어. 머리 위에는 총을 난사하는 적의 전투기가 날아다니고 있었어. 목숨이 왔다갔다하는 그런 와중에 천식 환자인 어머니가 어디서 그렇게 우리를 보호할 수 있는 힘과 용기를 얻었는지 지금 생각

해도 신기하기만 하단다.

공습을 받았던 날 중 기억에 남는 날이 또 있는데, 그때는 아버지도 곁에 있었어. 우리는 대피소를 향해 있는 힘을 다해 달렸어. 사방에서 자동소총 소리와 폭탄이 콩콩거리며 떨어지는 소리에 귀가 멍멍해졌어.

그런데 총소리가 점점 우리가 달리는 쪽으로 가까워지는 거야. 아버지는 우리 모두를 벽 쪽으로 밀어붙이더니 날개를 활짝 편 독수리처럼 온몸으로 우리 몸을 가렸어. 만약 적의 비행기에 우리가 발각된다면 첫번째 목표물은 아버지일 테고, 아버지도 이 사실을 모를 리 없었으면서도 말이지.

그 시절, 가족은 내가 어떤 사람이든 무엇을 하든 상관없이 항상 나를 위해 내 곁에 있어 줄 거라는 확신이 들었단다. 내가 출세를 하든 못하든, 유명인이 되든 보통 사람으로 살든 세상 사람들의 기준으로 부모의 마음을 잴 수는 없어. 그런 것보다는 자식이 무엇을 하든 언제나 자식 바로 곁에서 지켜 주려는 게 부모의 마음이니까 말이야.

텍사스 주 엘패소에서 레인 존스

숨어 있는 작은 희망을 찾을 것

산타 할아버지는 내가 어디에 있는지 아실까

"이 세상에서 가장 슬픈 소녀가 바로 나야."

1921년 12월 6일, 동생 레오타와 함께 이모를 따라 이모네 집으로 가는 기차에 몸을 실은 나는 속으로 눈물을 삼키고 있었다.

어머니는 15개월 전 아이를 낳다가 돌아가셨고, 아버지마저 추수감사절날 장티푸스로 돌아가셨기 때문에 아홉 살인 나는 고아로 세상에 남겨지게 되었다. 우리 일곱 남매는 친척 집으로 뿔뿔이 흩어졌는데, 남동생 중 하나는 모르는 집에 입양되었다. 그리고 나와 레오타는 아이가 없는 미망인인 라일리 이모와 함께 살려고 떠나는 길이었다.

사방이 어두워지기 시작했을 때 기차가 멈추자 우리는 우리의 전 재산이 담긴 작은 가방을 챙겨 들었다. 기차역에서 이모 집까지는 건널목을 6개 건너야 했다. 한없이 길게만 느껴졌던 길 위로 차갑고 매서운 바람이 사정없이 불고 있었고, 눈이 많이 쌓여 있지 않았지만 보도는 얼어붙어 아주 미끄러웠다.

드디어 2층짜리 이모 집에 도착했지만 2주일 동안 비워 두었던 집 안은 냉랭하기 그지없었다. 나는 다시는 따뜻한 곳에서 쉴수 없을 것만 같은 불안감에 사로잡혔다. 우리는 가까이 있는 숲으로 들어가 불을 피울 만한 땔감과 석탄을 주웠다. 얼마 지나지 않아 난로에 불이 이글거렸고, 라일리 이모는 핫 초콜릿을 만들어 주었는데, 지금까지도 그 맛이 입 안에 감돈다.

시간이 지나갈수록 나는 향수병이 더욱 깊어갔다. 모든 것이 그저 낯설기만 했다. 늘 일곱 남매 소리로 떠들썩하던 집에서 살던 내가 갑자기 외로운 신세가 되었다는 충격으로 학교 성적도 바닥을 기었다. 밤에 잠자리에 들 때 기도를 하다가도 이제는 내게 돌아갈 집도 부모님도 형제 자매도 없다고 생각하면 울컥 눈물이 솟았다. 이렇게 많은 날을 서글픔과 비참한 기분에 실컷 울다가 그대로 잠이 들었지만, 한편으로는 여기서 견디며 사는 법을 배우지 않으면 안된다는 것도 알고 있었다.

그리고 크리스마스가 다가왔다. 내가 침대에 누우려 할 때 동생 레오타가 물었다.

"언니, 양말을 걸어야지?"

"아니, 난 걸지 않을 거야."

나는 쌀쌀하게 말했다.

"이제 산타 할아버지는 내가 어디에 있는지 알지도 못할 텐데, 뭐."

이 말은 진심이었다. 산타 할아버지가 나를 찾아낼 수 있는 방

법은 없을 테니까. 난 완전히 버림받은 것이다.

"그래, 그렇다면 내가 언니 대신 양말을 걸어 줄게."

"너 좋을 대로 해. 하지만 소용없을걸. 선물은 무슨 선물? 그런 건 기대하지도 않아."

크리스마스날 아침, 잠에서 깬 나는 깜짝 놀랐다. 눈앞에 온통 반짝이는 장식으로 꾸며진 아름다운 크리스마스 트리가 마술이라도 부린 것처럼 서 있었다. 예전에 부모님과 함께 살 때도 나는 크리스마스 트리를 본 적이 한번도 없었다.

나는 동생이 내 몫으로 걸어 둔 양말 속을 들여다보았다. 거기에는 이제까지 보지 못한 눈이 부시게 예쁜 인형이 분홍색 드레스를 입고 있었다. 누였다가 다시 일으킬 때마다 인형은 파란 눈을 감았다 떴다를 반복했으며, 또 아름다운 검은 머리카락이 반짝반짝 빛나고 있었다.

그 인형은 나에게 상상도 못한 커다란 의미로 다가왔다. 모든 것을 잃었다고 절망하고 있던 소녀에게 한순간에 희망이란 단어를 심어 주었으니까. 나는 생각을 바꾸었다. 산타 할아버지는 내가 어디에 있든지 내가 있는 곳을 알고 있다고, 그리고 그렇다면 하느님 역시 나를 알고 있다고 말이다. 아무 희망 없이 걸어 둔 양말 속에서 나를 기다려 준 인형, 그 인형은 앞으로 내가 씩씩하게 살아갈 수 있는 힘과 용기를 주었다.

캘리포니아 주 파쇼 로블레스에서 주아니타 캐시

이웃과 나누는 삶에서 행복을 찾을 것

풀 하우스

"우리 집안에 낯선 사람은 이제 그만 끌어들여라!"

앨런 할머니가 학을 떼듯 말했다.

"레바 누나, 그러지 마세요. 저 남자는 시 당국에 맡겨 버리자고요."

벤 삼촌이 말했다.

"아, 저 남자를 어디로 보내면 좋지?"

난감한 호프 이모의 목소리가 이어졌다.

한동안 침묵이 흘렀다. 대체 저 남자를 어디로 보낸단 말인가? 아버지가 또 다른 군식구를 집안에 끌어들였는데, 이 군식구는 애완 고양이 정도가 아니라 사람인 것이 문제였다.

그는 그때까지 내가 보아 온 사람 중에서 가장 나이가 많고, 불쌍해 보이는 쭈그렁 노인이었다. 병색이 짙은 창백한 얼굴, 발걸음을 떼려다가 그대로 픽 쓰러질 것만 같은 비리비리 마른 몸, 누군가 돌보지 않으면 금방이라도 죽을 것 같은 노인을 거리로

64

내쫓는 것은 말이 되지 않는 일이리라. 그렇다고 해서 그 노인이 우리집에서 죽어가는 것을 지켜 보는 것도 나는 마음에 들지 않았다.

또한 아버지가 일단 마음을 먹으면 어느 누구도 아버지의 마음을 돌릴 수 없다는 것도 나는 잘 알고 있었다. 오, 그러니 저 노인을 어쩌란 말인가.

우리는 로드아일랜드 에지우드의 조용한 동네에 자리잡은 3층짜리 집에서 살고 있었다. 집은 3층이었지만 실제로 우리 식구가 사는 집은 2층 한 층뿐이었다. 식구는 부모님과 나, 그리고 편찮으셔서 거의 침대에서 지내는 시간이 많은 친할머니와 외할머니가 전부였다.

하지만 내가 아주 어렸을 때부터 우리집에는 외가댁 식구들을 포함해서 많은 친척들의 발길이 끊이지 않았다. 이들은 짧게는 일주일 길게는 몇 년씩 우리와 함께 지냈고, 부모님은 언제 누가 찾아오든 늘 그들을 반갑게 맞으며 지낼 자리를 내주었다.

그때 우리집 3층은 크로커 부인이 차지하고 있었다. 크로커 집안은 아버지와 친분관계가 있었는데, 그만 남편이 부인만 남겨두고 먼저 죽었다.

"아무 걱정 마십시오. 저희집에는 방이 많습니다."

이렇게 해서 아버지는 갈 곳 없는 크로커 부인에게 3층 전체를 내주었던 것이다.

부엌과 식당, 거실 등의 공동공간이 배치된 1층은 찰리가 들락

거렸다. 찰리는 직업도 없고 집도 없는 거지였는데, 아버지가 집 안청소를 해주면 거처할 곳을 마련해 주겠다고 하면서 우리집으로 데려온 사람이었다. 아무튼 아버지는 찰리에게 일을 시키면 어머니 손을 덜 수 있으리라는 계산을 했던 것 같다.

행복을 만드는 비결

하지만 오, 맙소사, 현실은 정반대로 흘러갔다. 찰리는 청소라고는 몰랐다. 그뿐이 아니었다. 어머니가 청소해 놓은 페르시안 양탄자에 담뱃재를 떨어뜨린 것도 모자라 흐느적거리는 걸음으로 온갖 먼지를 바닥에 쓸고 다녔다.

어머니는 그런 찰리 뒤를 졸졸 따라다니며 뒤치다꺼리하기에 급급했다. 게다가 그가 먹을 음식도 만들어야 했다. 아버지가 그때 무슨 생각으로 찰리를 집으로 데려왔는지 정말 모르겠다. 찰리가 얼마나 게으름뱅이에 먹보인지는 같이 살아 보지 못한 사람은 상상이 가지 않을 것이다.

하지만 아직은 비어 있는 공간이 있었다. 천장 바로 밑에 박혀 있는 다락방이 그곳으로, 다락은 좁았지만 그래도 추운 겨울에는 바깥에서 지내는 것보다 나았다. 결국 앞에서 소개한 거지 노인의 거처는 그 다락방으로 결정되었고, 이로 인해 어머니가 식탁에 챙겨 놓아야 할 숟가락 숫자만 늘어났다.

신기한 것은 어머니가 한번도 불평을 하지 않았다는 사실이다. 처녀시절 어머니는 아버지가 기획자로 일하던 극장에서 피

아니스트로 활동했다. 무성영화가 전성기를 누렸던 그때, 어머니는 스크린에 영상이 나오면 길고 아름다운 손가락으로 건반을 두드리며 영화의 감정을 멋지게 고조시켰다.

이제 그 길고 아름답던 손가락은 딱딱하게 굳어지고 말았다. 하지만 어머니는 자신의 손이 흉해지는 것을 조금도 개의치 않았다. 내가 기억하는 한 어머니가 가장 즐겨 했던 말은 「자, 힘내자!」였다.

우리 가족은 큰 부자는 아니었지만, 항상 이웃과 나누며 살려고 노력했다. 그리고 그렇게 쪼들리며 살았던 생활이 행복했다는 것만은 자신 있게 내세울 수 있다. 부모님은 이웃과 나누는 삶이 행복을 만드는 비결임을 가르쳐 주신 것이다.

수많은 사람들이 우리집에서 지낼 수밖에 없었던 이유가 무엇인지는 하나도 중요하지 않다. 아버지가 그들을 집에 데려오면, 어머니는 무조건적으로 그들을 받아들였다는 사실이 중요할 뿐이다.

캘리포니아 주 샌디에이고에서 도로시 셸던

친구가 필요한 사람의 친구가 되어 줄 것

잊지 못할 생일 파티

초등학교 4학년 때 나의 목표는 어떻게 해서든 「인기」 그룹에 들어가는 것이었다. 나는 학교에서 성적이 좋고 품행이 방정한 모범생이었지만, 모범생 따위보다는 친구들에게 인기가 많은 아이가 더 부러웠다. 하지만 반 아이들은 두꺼운 안경을 쓰고 다녔던 나를 「샌님」 또는 「선생님의 애완동물」이라고 놀리며 따돌리려 했다.

600여 명이 사는 우리 마을에서 가장 인기 있는 아이는 단연코 네샤와 다이안이었다. 그애들은 어디를 뜯어보아도 예쁘고 사랑스러웠기 때문에 나는 그애들을 얼마나 부러워했는지 모른다.

내 생일이 가까워지자 부모님은 친구들을 초대해서 산속에 있는 우리집 오두막에서 생일 파티를 해주겠다고 약속했다. 새로운 친구를 사귈 수 있는 더없이 좋은 기회라고 생각한 나는 네샤와 다이안은 물론 여자 남자 가릴 것 없이 학교에서 인기 있는 아이들을 모두 초대하기로 마음먹었다.

하지만 내 초대 목록에서 도로시 레이와 주디는 빼버렸다. 그
애들은 가난해서 낡고 해어진 옷만 입고 다녔기 때문에 모처럼
의 생일 파티 분위기를 망쳐 버리지나 않을까 걱정되었던 것이
다. 어린 마음에도 나는 마음에 드는 아이들에게 좋은 것만 보여
주겠다고 나름대로 머리를 굴렸던 모양이다.

어머니가 말했다.

"이건 너의 생일 파티니까 네 마음대로 해도 좋겠지. 하지만
애야, 난 도로시와 주디도 불렀으면 좋겠구나. 지금은 모르겠지
만, 그애들을 초대하지 않으면 나중에 너는 후회하게 될지도 몰
라."

어머니의 충고에도 아랑곳없이 나는 그애들을 초대하지 않기
로 결정했다.

드디어 생일 파티 날이 되었다. 아버지는 내가 초대한 아이들
집을 일일이 들러서 아이들을 파란색 트럭에 태웠다. 우리가 언
덕에 사는 마빈네 집으로 가고 있을 때, 초라해 보이는 집 앞에
도로시 레이와 주디가 서 있는 것이 보였다. 우리가 탄 파란색
트럭은 그애들을 그냥 지나쳐 울퉁불퉁하고 긴 언덕길로 먼지
바람을 날리며 계속 올라갔다. 도로시와 주디는 우리를 향해 손
을 흔들었고, 우리도 모두 손을 흔들어 주었다.

나는 가슴이 무언가에 찔린 듯 아팠다. 먼지를 뒤집어쓴 채 손
을 흔드는 두 소녀가 자꾸 눈에 밟혔다. 그애들을 초대하지 않은
것 때문에 너무도 기분이 안 좋았고, 그 기분은 생일 파티 내내

나를 사로잡고 놔주지 않았다.

파티 장소인 오두막에 오르려면 높은 산을 타고 올라가야 했는데, 나는 우리가 그날 파티에서 무엇을 했는지 거의 기억도 나지 않는다. 모두가 맛있는 음식을 먹었고, 등산을 한 것만은 확실히 기억이 난다. 멋진 생일 케이크도 있었고, 모닥불을 피워 노래도 불렀고, 마시멜로(녹말, 시럽, 설탕, 젤라틴 등으로 만든 과자)를 먹었던 것도 분명하다.

하지만 이렇게 즐거운 날, 다른 아이들은 재미있었겠지만 나는 조금도 즐길 수가 없었다. 초라한 집 앞에서 외롭게 손을 흔들던 두 소녀의 모습만 자꾸 아른거렸다.

가슴을 짓눌렀던 그해 생일 파티에서 다시는 이런 짓을 하지 않으리라 스스로에게 약속한 것만은 좋은 일이었다. 그 일은 내가 깨닫지 않으면 안되는 힘든 수업이었다. 그날 이후로 나는 도로시 레이와 주디처럼 친구를 필요로 하는 사람들을 돌보기로 결심했다. 그것이 진정한 우정을 찾는 방법이라는 것을 깨달았다.

캘리포니아 주 아카디아에서 샤리 그린

겉모습으로 사람을 판단하지 말 것

자신의 감정을 감추는 소녀

"모르겠어요. 난 신경도 안 쓰는 걸요."

사람들이 남동생과 여동생이 보고 싶지 않냐고 물을 때마다 나는 쌀쌀맞게 대답하곤 했다.

나의 이런 말투에 사람들은 질려 더이상 말을 걸어오지 않았다. 하지만 나는 이런 식으로나마 내 본심과 진짜 감정을 들키지 않고 난처한 순간을 모면하는 것이 편하다고 생각했다. 사람들이 나를 인정머리 없고 차가운 소녀로 여긴다는 것쯤은 알고 있었다. 하지만 그런 것은 얼마든지 견딜 수 있었다. 그들이 어찌 고통으로 가득 찬 내 속마음을 알겠는가.

어머니가 세상을 떠났을 때 나는 겨우 아홉 살이었으며 밑으로 동생 셋이 있었다. 돌아가시기 전 어머니는 임신중이었는데 우리집은 너무 가난했기 때문에 어머니는 충분한 영양을 취하거나 진찰을 받을 만한 형편이 못 되었다. 밥을 먹을 때가 되면 어머니는 우리만 먹이고 어디론가 자리를 비운 적이 한두 번이 아

니었다. 그 당시 나는 어머니가 왜 자리를 피하는지 알지 못했지만, 지금 생각해 보면 어머니에게까지 돌아갈 음식이 없었기 때문이다. 어머니는 임신 6개월로 접어들었을 때 신장병으로 돌아가셨다. 어머니의 죽음은 나에게 큰 충격이었다.

어머니가 돌아가신 지 몇 주일이 채 지나지 않았을 때 또 한번의 큰 시련이 우리를 덮쳤다. 어머니의 죽음을 견디지 못하던 아버지가 말 한마디 남기지 않고 집을 나가 버린 것이다. 그리고 어느 무덥던 여름날, 삼촌이 우리를 찾아와서 이제부터는 삼촌 집에서 살게 될 거라고 말했다.

우리 남매가 삼촌 집에서 살았던 기간은 아주 짧았다. 삼촌은 4명이나 되는 조카를 먹이고 재울 만큼 살림이 넉넉하지 않았고, 신혼이라 방도 모자랐다. 우리는 주민을 합쳐 봐야 300명도 안되는 작은 농촌인 네브래스카 주 허시에 있는 고모 집으로 보내졌다.

그때부터가 내게는 피할 수 없는 시련의 시작이었다. 어머니와 아버지, 같이 뛰어놀던 친구 하나 없는 먼 곳에서 보내는 하루하루는 눈에 보이는 모든 것이 낯설고 전과 달랐다.

우리 남매는 그후에도 보호자가 우리를 원하지 않을 때마다 거처를 옮기기를 반복했다. 새로운 친척 아저씨와 아주머니에게 넘겨질 때마다 우리를 받아들여 준 그분들에게 고맙다는 마음은 들었지만 현실은 또 다른 문제였다.

친척 아주머니는 지병 때문에 가끔씩 병원 신세를 지었는데,

한번 아플 때마다 며칠 동안 병원에 입원해야 했기 때문에 아저씨는 성격이 매우 거칠어졌고 우리 남매에게 신경 써줄 여유가 없었다. 게다가 더 큰 문제는 이제 우리가 갈 곳이 어디에도 없다는 사실이었다.

비난 대신 사랑의 말을

결국 바로 밑의 남동생과 여동생은 다른 친척 집으로 보내졌고, 나는 겨우 두 살이 지난 막내동생을 돌보면서 다른 아주머니 집으로 가게 되었다. 나는 헤어진 남동생과 여동생이 끔찍하게 보고 싶었다. 가족이 뿔뿔이 흩어져 있다는 생각과 소중하고 따뜻했던 모든 것을 한꺼번에 빼앗긴 참담한 그때 기분을 어떻게 설명해야 좋을지…….

그래서 행여 사람들이 걱정스런 목소리로 남동생과 여동생이 잘 지내냐고 물어올 때마다 나는 가슴이 찢어지는 슬픔에 혼자서 울기도 많이 울었다. 하지만 이런 속마음을 들키고 싶지 않았기 때문에 애써 담담한 말투로, 아니 지겹다는 투로 이렇게 말했다.

"몰라요, 신경도 안 써요."

집을 나갔던 아버지는 다른 마을에서 새로운 일을 구한 다음 우리 남매를 찾았고, 우리 가족은 다시 모여 살게 되었다. 하지만 가족과 헤어져 지내던 일은 지금까지도 떨쳐 버리기 힘든 고통스러운 기억으로 남아 있다.

　우리는 종종 겉모습만으로 사람을 판단하고 그 사람에 대해
다 안다고 착각을 한다. 하지만 그것은 정말로 잘못된 생각이다.
겉모습 속에 감추어진 마음이 어떨지는 아무도 알 수 없기 때문
이다. 자신의 감정을 감추는 데 능숙했던 쓰라린 기억을 지닌 나
는 누구를 만나든, 상대방에게 도움이 되거나 상대방이 진정으
로 고마워할 수 있는 말을 하려고 노력한다.

　외로움을 배워야 했던 소녀시절, 나에게 비평이나 비난 대신
진정으로 사랑이 담긴 말 한마디를 건넨 사람이 있었다면, 조금
은 덜 외로웠을지도 모른다.

캘리포니아 주 칼즈배드에서 진 무어

화를 내어 얻을 건 하나도 없다

아이스크림 소동

켄터키 주에서 지낸 소녀시절, 어머니 손을 잡고 파이브 앤 다임 스토어가 있는 읍내에 간 날이 지금도 눈앞에 선명합니다.

가게 안은 신기한 물건들로 가득했지만, 내 눈을 가장 먼저 끈 것은 뭐니뭐니 해도 아이스크림을 파는 코너였습니다. 내가 아이스크림을 사달라고 계속 조르자 어머니는 내 등쌀에 못 견디고 결국 나를 아이스크림 코너로 데려갔습니다. 어머니는 자동차에서 기다리고 있던 아버지 것과 내 것으로 아이스크림 콘 2개를 주문했습니다.

나는 선반에 가려질 정도로 키가 아주 작았기 때문에, 판매원은 처음에는 날 보지 못했습니다. 하지만 몸을 돌리는 순간 나를 본 그 판매원은 내게 손가락질하며 소리쳤습니다.

"어머나, 세상에 깜둥이잖아! 우리 가게는 유색 인종에게 물건을 팔지 않아."

우리 어머니로 말하자면, 때때로 코카서스인으로 오해받을 만

큼 피부가 하얗다 못해 투명했습니다. 그러니 처음에 어머니만 봤던 판매원은 「아, 틀림없는 백인이구나」 하고 오해할 수도 있었을 겁니다. 사실은 어머니도 흑인 피가 흐르지만 백인처럼 보일 뿐인데 말이죠 아무튼 판매원의 이 한마디에 어머니는 울화가 터지고 말았습니다.

어머니는 아이스크림 콘을 바닥에 내던졌습니다. 그리고 주먹으로 거울을 치자 거울 조각들이 요란한 소리를 내며 바닥으로 떨어졌습니다. 이제 어머니는 판매원을 향해 냅다 소리를 질렀습니다. 어머니가 그처럼 무섭게 화내는 모습을 처음 본 나는 겁에 질렸습니다. 무슨 일이 일어난 거지? 도무지 감이 잡히지 않았지만, 무언가 엄청나게 나쁜 일이 벌어졌다는 것만은 분명했습니다. 나는 부리나케 가게에서 도망쳐 나왔습니다.

아버지 귀에도 소동 소리가 들어갔나 봅니다. 아버지는 황급히 자동차에서 내려 가게 쪽으로 고개를 돌렸습니다. 유리창 너머로 던질 거리를 찾으며 난동을 부리는 어머니 모습이 보였습니다. 아버지는 가게 안으로 뛰어들어간 다음 버둥거리는 어머니의 팔과 어깨를 붙잡은 채 가게를 나와 재빨리 자동차에 태우고 그 자리를 떠났습니다.

집으로 돌아오는 자동차 안에서도 어머니는 분이 풀리지 않았습니다. 그때는 제2차 세계대전이 한창이었는데, 어머니에게는 외국에서 싸우는 조카들이 많았습니다. 그런데 전쟁에 나간 조카들로부터 몇 달이 지나도록 편지 한 장 없었기 때문에 어머니

는 걱정이 태산 같던 때이기도 했습니다.

"조카애들이 유럽 땅에서 죽은 게 틀림없어요. 흑인에게는 아이스크림도 팔지 않으려는 허섭스레기 같은 조국을 위해 귀중한 생명을 내놓고 개죽음당한 거라고요."

어머니가 이렇게 말할 때마다 아버지는 아이스크림 불매 사건은 정말로 잘못된 것이고 부당하다고 동의했습니다. 하지만 잠시 후 이렇게 말했습니다.

"그렇지만 당신이 그렇게 화를 내고 흥분하는 것도 어리석은 짓이야. 화를 낸다고 해서 무엇이 달라지겠어?"

자신의 감정부터 다스리기

아버지는 문제를 해결하는 데 분노는 아무 도움이 되지 못하며, 세상을 바꾸려면 그보다 훨씬 좋은 방법이 얼마든지 많다고 주장했습니다. 그리고 아버지의 이 말이 옳다는 것을 증명해 주는 때가 왔습니다.

아이스크림 불매 사건이 있은 지 한달이 지났을 무렵, 이 문제를 해결하려고 피부색이 다른 수많은 사람들이 한자리에 모였습니다. 그 자리에서 파이브 앤 다임 스토어의 주인이 앞으로 나와 공식적으로 사과를 했습니다.

"얼마 전에 있었던 불미스러운 일은 실로 유감입니다. 그런 인종차별이 우리 가게의 정책이 아니라는 점을 분명히 밝힙니다."

가게 주인은 계속 말했습니다.

　"저희 가게 판매원이 잘못한 일입니다. 우리 가게는 피부색과 상관없이 모든 사람을 귀한 손님으로 모십니다. 그리고 만약 여러분 가운데 그날 기분이 상했을 그 숙녀분을 아시는 분이 계시다면, 제발 제가 진심으로 사죄한다는 말을 전해 주시기 바랍니다."

　그날 그 자리에는 어머니와 친한 분들이 많이 있었고, 물론 아버지도 있었습니다. 사과 말을 전해 듣자 어머니도 기분이 한결 풀어졌습니다.

　그때 내가 느낀 감정은 지금도 잊혀지지 않습니다. 나는 아이들에게 무슨 일이 있어도, 또 부당한 대우를 받아 아무리 억울하고 화가 치밀더라도 먼저 자신의 감정부터 다스릴 줄 알아야 한다고 가르치고 있습니다. 분노라는 감정에 한번 휩쓸리면 나중에는 걷잡을 수 없이 악화되는 경우가 많기 때문입니다.

　하지만 분노에 정신을 빼앗긴들 무엇이 남겠습니까? 화를 내서 어쩌겠다는 겁니까? 부당함을 당했을 때에도 우리는 분노의 노예로 전락하는 일만은 절대 피해야 합니다. 부당함에 대처하는 데에는 그보다 훨씬 현명한 방법이 얼마든지 많으니 말입니다.

켄터키 주 홉킨스빌에서　애니쉬 브리그스

아이의 마음을 진심으로 이해할 것

우리집 강아지 스포티

레타 이모는 아주 귀여운 폭스 테리어 종 개를 기르고 있었다. 내가 다섯 살 때 그 개는 강아지 두 마리를 낳았는데, 그중에서도 하얀 털에 갈색 점이 띄엄띄엄 박힌 강아지가 너무 예뻤다. 나는 그 강아지에게 한눈에 반해 그 강아지를 얻어서 기르고 싶었다.

그런데 이종사촌 역시 그 강아지를 기르고 싶어했다. 이렇게 우리 둘 다 같은 강아지를 가지고 싶어했으니, 이모와 이모부는 얼마나 고민스러웠을까.

그러던 어느날, 네드 이모부가 우리집에 찾아왔다.

"셜리, 나와 함께 가련?"

이모부가 내 손을 잡았다.

"레타 이모와 내가 너에게 줄 게 있단다."

이모네 집에 들어가자 레타 이모가 갈색 점이 있는 하얀 강아지를 내 팔에 안겨 주는 것이 아닌가!

"이제부터 이 강아지는 네 거야."

세상에, 내게 이런 일이 생길 줄은 꿈에도 생각하지 못했다. 수줍음을 많이 타던 나는 원하는 것이 있어도 달라고 요구하기는커녕 묻지조차 못하는 아이였다. 그 강아지만 해도 한번이라도 가지고 싶다는 표현을 한 적이 없었다. 하지만 신기하게도 이모와 이모부는 그 강아지가 내게 얼마나 소중한 존재인지를 알아차린 것이다.

난 그 강아지에게 스포티라고 이름을 지어 주었다. 스포티는 날이 갈수록 나와 가장 친한 친구가 되어 어디를 가든지 내 뒤를 졸졸 따라다녔다. 심지어 내가 학교에 다니게 되자 학교까지 따라왔을 정도였다.

우리 학교 교장 선생님은 아이들이 학교에 개를 데려오는 걸 아주 싫어하셨기 때문에, 나는 스포티를 집에 남겨 두기 위해 할 수 있는 모든 일을 다했다. 하지만 별의별 수단을 다 써도 스포티는 내가 없는 집에 혼자 남아 있으려 하지 않았다. 나는 이러다가 학교에서 스포티를 빼앗아 버리면 어쩌나 겁이 났다.

이런 고민을 해결해 주신 분은 3학년 때 담임인 클로슨 선생님이었다. 아이들의 마음을 읽을 줄 아는 선생님은 거의 매일 눈에 눈물이 가득 고인 채 등교하는 나를 눈여겨보셨다. 그리고 진정으로 내 심정을 이해하게 되자 스포티가 교실 안까지 들어오도록 허락을 하셨다.

이제 스포티는 교실 풍경의 일부가 되었다. 내가 공부하는 책

상 바로 밑에서 내내 잠만 잤지만 말이다. 아이들의 학과 성적표가 나왔을 때, 클로슨 선생님은 특별히 스포티에게도 성적표를 만들어 주셨다. 「출석률은 수, 행동은 우, 다른 과목은 낙제!」 강아지가 성적표를 받았다는 이야기가 퍼지면서 급기야 신문사에서 우리 이야기를 실어 주기도 했다.

클로슨 선생님은 내 가슴속에서 언제까지나 특별한 자리를 차지하는 분이다. 그분은 다정하고 상냥했을 뿐만 아니라 아무리 학교 규칙이라 해도 어린아이의 마음이 다치지 않도록 배려하면서 적용시킬 줄 아는 분이었다.

사실 보통 선생님 같으면 스포티를 우리에 가둘 수도 있고, 강아지를 집에 놓고 오라며 나를 집으로 돌려 보낼 수도 있었을 것이다.

하지만 그분은 그러지 않았다. 오히려 문제가 될 만한 일을 우리 모두가 영원히 간직할 수 있는 아름다운 추억으로 만들어 주셨다. 그리고 어린 소녀가 더이상 마음 졸이며 눈물을 흘리지 않도록 해주셨다.

텍사스 주 엘패소에서 셜리 더피

상대방의 선한 마음을 찾을 것

진정한 사과

남편 빌은 퀘이커 집안에서 자랐다. 퀘이커 교도는 모든 사람의 마음속에 하느님이 있다고 믿기 때문에, 설사 다른 사람의 의견이나 행동이 마음에 들지 않더라도 상대방에게서 선한 마음을 찾아내는 것을 의무라고 여긴다. 이러한 믿음대로 빌의 집안에서는 어린아이도 존중받았고, 심지어 아이가 잘못을 했을 때조차 존중심을 잃지 않았다.

빌이 일곱 살 때였다. 어느 토요일 밤, 빌의 부모님은 집 근처 연못가에서 많은 사람들을 초대해 파티를 열었다. 그 때문에 신경을 써서 머리가 아파진 빌의 어머니는 빌에게 집에 가서 침대 옆 서랍에 있는 아스피린 약병을 꺼내 오라고 심부름을 시켰다. 착한 빌은 어머니의 말씀대로 집으로 달려가 침대 옆 서랍을 열었다.

서랍 안에는 아스피린 약병과 성냥이 나란히 놓여 있었다. 빌은 호기심에 사로잡혀 성냥을 그었고, 아차 하는 사이에 불은 침

대 옆 바닥으로 길게 늘어져 있던 커튼에 옮겨 붙었다. 불이 번지자 빌은 침대 밑으로 기어들어가 커튼 끝자락에 붙은 불을 껐다. 불이 다 꺼진 것을 확인한 빌은 아스피린을 챙겨 어머니가 기다리고 있는 연못가로 달려갔다.

"너 머리가 왜 그러니?"

빌의 아버지는 타다 만 천조각과 재가 붙어 있는 빌의 머리를 보고 물었다.

"닭장 옆을 지나쳐 왔거든요. 우리가 병아리 털을 모아 두었던 곳 말이에요. 이건 병아리 털이에요."

빌은 둘러대었다.

하지만 아버지는 아들이 거짓말한다는 사실을 알았다. 아버지가 집으로 달려가는 사이에 빌은 혼이 날까봐 겁을 먹고 숲속으로 도망치고 말았다. 빌의 아버지가 집에 도착해 침실 문을 열었을 때 불은 침대 매트리스로 옮겨 붙어 활활 타고 있었다. 그는 침착하지만 재빠른 몸짓으로 소화기를 작동시켜 불을 껐다.

빌의 아버지는 빌에게 불이 나게 된 경위를 들으려고 했지만 어디에도 빌은 보이지 않았다. 파티에 초대받은 손님들도 모두 흩어져 아이를 찾아 나섰다. 사람들은 파티 옷차림 그대로 도로 아래위를 샅샅이 살피고 들판을 가로지르며 빌의 이름을 불렀다.

해가 막 져서 사방이 어둑어둑해질 무렵, 빌은 더이상 숨어 있기를 포기하고 사람들 앞에 나섰다.

"아버지 죄송해요."

　빌은 사과했다. 빌의 아버지는 전통적인 퀘이커 교도의 생활 양식에 따라 빌의 사과가 진심이란 것을 믿었기 때문에 더이상 다른 말은 하지 않았다. 그는 빌을 집까지 무등을 태워 데려간 다음 잠을 재웠다. 아들이 한가지 교훈, 즉 잘못을 인정하는 것보다 더 중요한 것은 없다는 사실을 배웠다는 데 만족한 것이다.

　자신의 잘못을 다른 사람에게 시인하는 것은 쉬운 일이 아니다. 상대방이 이미 나의 잘못을 알고 있을 테니 따로 잘못을 시인하지 않고 그냥 넘어가도 되지 않을까 하는 유혹에 빠지기 쉽다. 하지만 문제를 올바로 해결하려면, 그 자리에서 곧바로 잘못을 시인해야 한다.

　그리고 누군가 일단 잘못을 시인하면, 그것을 선의로 받아들이는 것은 매우 중요하다. 모든 사람에게 선한 마음이 있다고 믿는다면, 그들은 당신이 기대하고 있는 것 이상으로 당신에게 힘이 되어 줄 테니까 말이다.

인디애나 주 리치먼드에서 수 퀴그

언제, 어디서나 정직할 것

최고의 장난감 팽이

"자, 받아. 오늘 하루 집에 가져가서 놀아."

나는 망설였다. 친구의 물건을 잘못 가져오면 나중에 경찰에 고소당할지도 모르니까 절대로 친구 것은 집에 가져오지 말라던 부모님의 말씀이 생각났기 때문이다.

하지만 친구가 가지고 놀던 팽이는 세상의 그 무엇보다도 환상적이고 매혹적으로 보였다. 게다가 내가 팽이를 잘 돌리지 못하는 것을 본 친구는 자기 팽이를 주며 집에 가져가 연습을 해보라는 것이 아닌가.

때는 봄, 나는 뉴멕시코 주 로즈웰에 있는 미주리 애버뉴 초등학교 3학년에 다니고 있었다. 그 시절, 사내아이들은 주로 연을 날리고 여자아이들은 공기놀이를 하며 놀았는데, 팽이만큼은 여자 남자 가리지 않고 모두 좋아한 최고의 장난감이었다. 학교에서 아이들은 쉬는 시간만 되면 저마다 팽이를 가지고 나와 신나게 놀았다.

　나는 친구의 팽이를 집에 가져오면 안된다는 것을 알고 있었지만, 이번만은 꼭 가져가고 싶었다. 그렇다고 부모님에게 새 팽이를 사달라고 조를 수는 없었다. 아버지는 쥐꼬리만한 봉급을 받는 교사인데다 쓸데없는 일에 시간이나 돈을 쓸 여유가 전혀 없는 분이었다. 경제 대공황이 일어나기 전에 모든 재산을 은행에 맡겨 두었다가 대공황으로 은행이 파산하자 우리의 돈도 날아가 버렸기 때문이다.

　어쨌든 나는 부모님 몰래 팽이를 숨겨 놓을 곳을 찾아내야 했다. 아버지는 학교에서 돌아오면 주로 뒤뜰에서 땔감으로 쓸 나무를 자르고 다듬었기 때문에 아버지보다 먼저 집에 돌아가는 것이 중요했다. 나는 집에 도착하자마자 허겁지겁 병아리들이 노는 뒤뜰로 달려갔다. 그리고 뒤뜰 한구석에 흙을 파고 팽이를 묻은 다음 가까이에 있던 톱밥으로 덮어 버렸다.

　아버지가 장작을 패러 뒤뜰로 나가는 것을 본 나는 천연덕스럽게 따라 나가 세발 자전거를 타고 놀았다. 그런데 문제는 노는데 정신이 팔린 내가 깜박 잊고 세발 자전거로 팽이를 묻어 놓은 곳을 지나가 버린 것이다. 도대체 정신을 어디에 두고 이런 실수를 했을까. 나는 얼른 머리를 굴렸다. 그리고 아버지가 팽이를 가져오라고 명령했을 때 시치미를 뚝 떼고 「이 주일의 발견품」이라고 둘러댔다.

　하지만 아버지는 내 말을 전혀 믿지 않았다. 아버지는 도끼를 내려놓고 나를 나무등치 위에 앉혔다. 그리고 늘 그랬듯 단도직

입적으로 말했는데, 아버지가 어떻게 모든 일을 알았는지 지금
도 수수께끼이다.

아버지는 분명한 목소리로 그 팽이를 땅에 묻은 사람은 바로
나이며, 그 팽이도 내 것이 아니라고 알아맞혔다. 나는 할 수 없
이 팽이가 친구의 것이라고 실토할 수밖에 없었다.

추억 속의 팽이

"엄마와 아빤 너한테 실망했다."

아버지는 여느 때보다도 인자한 목소리로 말했다.

그 말에 나는 가슴이 찢어지는 것만 같았고 눈물이 하염없이
쏟아졌다.

"넌 팽이를 빌려 준 친구의 호의에 대해 그 팽이를 땅에 묻음
으로써 깨뜨려 버렸어. 정말 예의 없는 아이처럼 행동한 거야."

나는 아버지에게 언제나 정직할 것이며, 다음날 당장 팽이를
친구에게 돌려주겠다고 약속했다.

바로 다음날 오후, 아버지는 학교에서 돌아오자마자 나를 자
동차에 태워 울워스 상점으로 데려갔다. 그리고 내 손을 잡고 나
무팽이 수백 개가 진열되어 있는 선반으로 가더니 내게 하나를
고르라고 말했다.

아버지는 내가 고른 팽이 양쪽에 구멍을 뚫어 주었다. 이렇게
하면 팽이가 돌 때 윙윙 소리가 훨씬 크게 났다. 그리고 줄을 맨
위에서 아래쪽으로 감은 다음 다시 위로 올려 감는 법을 차근차

근 가르쳐 주었다. 또, 팽이를 땅에 던지는 요령, 팽이가 쓰러지지 않고 뱅뱅 돌 수 있도록 가장 정확한 순간에 줄을 풀어 세우는 요령도 직접 시범으로 보여 주었다.

아버지가 새로 사준 팽이는 다른 친구들의 팽이보다 훨씬 잘 돌았다. 나는 어른이 된 지금도 그때의 팽이를 꺼내 아버지에게 배운 대로 돌려 보곤 한다. 내가 지금까지 이 팽이를 보물처럼 소중하게 간직한 데는 이유가 있다. 이 팽이야말로 정직이 얼마나 중요한지를 깨닫게 해준 고마운 존재이기 때문이다.

오클라호마 주 에드먼드에서 캐서린 펠서

믿음은 살아가게 하는 힘

하늘나라로 간 네 쌍둥이

1920년, 할머니가 다섯번째 아이를 임신했을 때, 할머니는 몸이 예전과는 좀 다르다는 것을 느꼈다. 처음에는 대수롭지 않게 생각했지만 시간이 지날수록 몸을 움직이는 게 여간 힘들지 않았다. 결국 할머니는 대부분의 시간을 옆으로 누워서 보낼 지경에 이르렀고, 의사는 태아가 한 명이 아닌 것 같다는 할머니의 짐작을 확인시켜 주었다.

출산이 가까워지자 의사는 아기를 받으러 할머니가 사는 시골집으로 달려왔다. 아기가 세상에 나왔을 때 이 의사는 까무러칠 정도로 놀라고 말았는데 자그마치 네 쌍둥이였던 것이다. 처음에는 케네스, 이어서 켄튼이, 그 다음에는 캐스린이 머리를 내밀었고, 마지막으로 케이스가 세상 밖으로 나왔다.

너무도 흥분한 의사는 네 쌍둥이 출산 소식을 신문사에 알려야 한다는 생각에 빠져 산모와 네 쌍둥이를 내버려 둔 채 18마일 떨어져 있는 읍내로 자동차를 몰고 갔다. 의사가 자리를 비운 바

로 그날 밤, 안타깝게도 네 쌍둥이 중 켄튼과 케이스의 생명이 아주 조용하게 빠져 나갔다.

가족들은 깊은 슬픔에 잠겼지만 계속 슬퍼할 수만은 없었다. 남은 두 아기의 생명만은 꼭 지켜야 했다. 하지만 가족의 노력도 헛되이 케네스의 생명은 2주일을 견디지 못했다. 이제 할머니는 하나 남은 소중한 딸에게 온 정성을 다하였다. 하지만 20일이 지나자 캐스린마저 어머니 팔에 안긴 채 하늘나라로 가버렸다.

그러나 네 쌍둥이 출산은 온 세상에 화제를 불러일으켰다. 할머니는 얼굴도 이름도 모르는 세상 사람들로부터 수많은 위로 편지와 갖가지 선물을 받았다.

그뒤로 많은 세월이 흘렀다. 어느날 할머니는 서랍을 열더니 네 쌍둥이에게 보내온 수많은 편지를 꺼내 나에게 보여주었다. 할머니는 믿을 수 없을 만큼 행복한 목소리로 짧은 삶을 살다 간 네 쌍둥이에 대한 사랑을 이야기해 주었다.

"애야, 내가 죽더라도 울진 말아라. 나는 사랑하는 내 아이들 곁으로 가는 것뿐이야. 그건 슬픈 일이 아니고 좋은 일이잖니. 오히려 축복을 해주렴."

할머니의 부탁은 이것이었다.

할머니는 4명의 소중한 아이들이 하늘나라에서 엄마를 기다리고 있다고 굳게 믿었으며, 이 믿음을 한번도 의심한 적이 없었다.

작자 미상

Part 2

더 현명하게 살기

인생에서 우선순위는 무엇인가

외롭지만 행복한 개척자가 될 것

책임을 다한 후에는 자부심을 느낄 것

나쁜 일을 보고도 모른 척하지 말 것

자신에게 하듯이 상대방을 대할 것

더 나은 내일을 위해 인내할 것

어떤 시련 앞에서도 용기를 낼 것

자신이 받은 사랑을 아이들에게 돌려줄 것

사랑의 힘은 우리를 지켜 준다

괴물이 도망갔어요

외손녀 레이첼이 세 살 때 일입니다. 그 무렵 레이첼은 밤마다 온갖 무시무시한 괴물과 귀신이 등장하는 무서운 꿈에 시달렸습니다. 아이는 꿈에서 괴물을 만나면 한밤중에 벌떡 일어나 울면서 자기 엄마를 찾기 일쑤였죠.

자식이 무서워 우는 모습을 지켜 보는 어미의 마음이 어떻겠습니까? 내 딸은 무서움에 떨고 있는 어린 레이첼을 꼭 안고 달래며 다시 잠을 재우려 애를 썼죠. 하지만 딸이 아무리 애를 써도 레이첼은 무서운 꿈을 계속 꾸는 것입니다.

딸은 점점 지쳐 갔고, 드디어 멀리 있는 나에게 전화를 걸었습니다. 전화기 너머 지친 딸의 목소리를 듣는 제 가슴 또한 매우 아팠습니다. 나는 딸에게 말했습니다.

"얘야, 레이첼의 침대 머리맡에 예수님 사진을 걸어 두렴. 그리고 레이첼에게 다시는 괴물이 그애 방에 나타나지 못하도록 예수님이 지켜 주실 거라고 말해 주렴."

딸과 레이첼은 내 말대로 해보기로 했고, 그래서 예수님 사진을 구하려고 온 집안을 뒤지기 시작했습니다. 그런데 아쉽게도 예수님 사진이 한 장도 보이지 않는 거예요!

그때 레이첼이 또랑또랑 빛나는 눈으로 엄마에게 이렇게 말했답니다.

"걱정할 것 없어요. 예수님 사진이 없으면 대신 외할머니 사진을 걸어 두면 되잖아요. 할머니도 괴물이 나를 괴롭히지 못하게 지켜 주실 테니까요."

이렇게 해서 내 사진이 손녀의 방에 걸리게 되었답니다. 그리고 믿거나 말거나, 내 사진은 놀라운 효과를 가져왔다고 하더군요. 어린 레이첼은 괴물이 나오는 악몽을 다시는 꾸지 않게 되었으니까요!

작자 미상

인생에서 우선순위는 무엇인가

여배우보다는 사랑을 가꾸는 아내로

여자라면 누구나 한번쯤 멋진 영화배우를 꿈꾸지 않을까. 이런 점에서 나는 정말 행운아였다.

조지 워싱턴 대학을 졸업한 후 나는 뉴욕에 있는 아메리칸 극단에 들어가 마리아 오스텐스자야 밑에서 연기공부를 하겠다고 진로를 정했다. 당시 마리아는 유명한 연기 지도자였다. 내가 셰익스피어의 〈햄릿〉에서 오필리아 역을 맡아 공연하던 어느날, 배우 스카우트들이 우리 극단을 찾아왔다. 그들은 내가 마음에 들었는지 스크린 테스트를 제의했고, 나는 수락했다. 이렇게 해서 나는 할리우드에 입성하게 되었다.

할리우드에서 나는 MGM사와 1년계약을 맺었다. 할리우드는 얼마나 신나고 재미있는 곳인지 모른다. 클라크 게이블, 그레타 가르보를 비롯해 시대를 주름잡던 유명한 영화 스타들을 가까이에서 보는 기쁨은 이루 말할 수 없었다. 뿐만 아니라 영화 분장실을 마음대로 드나들 수도 있었다. 이 말은 곧 내가 유명한 영

화배우들이 입었던 의상을 얼마든지 입을 수 있다는 뜻이었고, 실제로 나는 스크린 속을 수놓던 휘황찬란한 옷들을 이것저것 마음껏 입어 보기도 했다.

하지만 영화계 내면에 숨어 있는 분위기는 어색하게 느껴졌고 나와 맞지 않았다. 그래서 나는 언제나 책을 가지고 다녔고, 내 차례를 기다리는 동안에 도스토예프스키와 톨스토이를 읽으며 러시아 문학을 공부했다.

그때까지 내가 출연한 영화 가운데 대표작은 아마 〈테일러 메이드 맨〉일 것이다. 이렇게 해서 계약기간이 끝났는데, 놀랍게도 MGM사에서 나에게 재계약을 제안했다. 이번에는 훨씬 좋은 조건이었다. 다음에 내가 출연할 두세 작품의 결과에 따라 빅스타로 발돋움할 수도 있는 좋은 기회였다. 계약금도 상상을 초월하는 어마어마한 액수였다. 하지만 나는 그들의 제안을 거절했다. 스타가 되고 돈을 많이 버는 것보다 나의 다정한 연인 조지와 결혼하고 싶은 마음이 훨씬 강렬했기 때문이다.

조지와 처음 만난 것은 고등학교 시절로 나는 2학년, 그는 졸업반이었다. 어느날 조지는 친구들과 함께 다가와 피크닉을 가자고 제안했고, 우리는 모두 재미있게 놀았다. 나는 우쿨렐레(기타와 비슷한 4현악기)를 가지고 다녔는데, 이것을 연주하며 처량하게 노래 부르는 내 모습에 조지가 반한 걸까. 아무튼 그날 이후 조지는 나에게 본격적인 데이트를 신청했는데, 나는 너무도 기뻤다. 정말 멋진 첫 데이트였다.

우리가 만난 이후 그는 다른 여자에게 한눈을 팔지 않았다. 조지는 그만큼 인격적인 사내였고, 나는 영화배우로 성공하는 것보다 그와 결혼하기를 원하는 솔직한 내 내면의 소리에 귀를 기울였다.

세상 그 무엇도 부럽지 않은 남편이 곁에 있었으므로 나는 누구나 꿈꾸는 멋지고 축복받은 인생을 살아왔다. 우리는 65년간 평화롭고 행복한 결혼생활을 누렸다. 그리고 인생에서 진정으로, 그리고 유일하게 중요한 일은 바로 사랑과 가정이라는 것도 배웠다.

사랑과 가정, 그것은 화려하지도 않고 남의 이목을 받지도 못하는 것인지 모른다. 하지만 화려하고 눈부신 시절도 한때뿐, 세월이 지나면 빛이 바래는 법이다. 내가 설령 배우로서 정상에 설수도 있었겠지만, 그것은 그저 지나가는 한때였을 것이다. 아름다움도 명성도 세월과 함께 변화하지만, 자신이 진정으로 사랑하는 사람들과의 관계는 영원히 지속된다.

미시간 주 블룸필드 힐스에서 레노레 롬니

(레노레와 조지 롬니는 눈부신 삶을 살아왔다. 레노레는 워싱턴과 디트로이트에서 라디오 프로를 진행했다. 그리고 1970년 상원의원 공화당 후보로 나서기도 했다. 남편 조지는 전미자동차협회 회장을 역임하다가 미시간 주 상원의원으로 3번이나 당선되었고, 그후 리처드 닉슨 정부에서 주택부와 도시개발부의 장관으로 혁혁한 공로를 세웠다.)

외롭지만 행복한 개척자가 될 것

찰스 린드버그와 나의 아버지

우리 가족의 삶에 가장 큰 영향을 준 사람은 누가 뭐래도 린디, 곧 찰스 린드버그일 것이다. 린드버그가 최초로 대서양을 횡단해서 세상을 놀라게 했을 때만 해도 아버지는 석유굴착장치 회사에서 일하고 있었다. 하늘을 나는 것을 누구 못지않게 좋아한 아버지는 린드버그의 역사적인 위업에 자극받았고, 결국 자신도 남은 인생만큼은 가슴에 품은 일을 하면서 살기로 결심하기에 이르렀다.

아버지는 자신이 탈 비행기를 직접 만들기 시작했다. 뭐가 뭔지 알 수 없는 복잡하기만 한 설계도를 보고 비행기를 만들던 아버지의 모습이 지금도 눈에 선하다. 비행기 뼈대는 작은 발사(열대 아메리카산의 관목. 매우 가볍고 단단하여 뗏목, 구명용구, 모형 항공기 따위에 쓰임)를 이어 만들었고, 그 뼈대 위에 커다란 헝겊 조각을 입힌 다음 우리가 「홍분제」라고 불렀던 냄새가 심한 페인트로 여러 번 덧칠을 했다.

　이렇게 비행기를 만들기 시작한 지 아홉 달인가 열 달이 지난 후 드디어 아버지는 자신의 창조물을 넓디넓은 잔디밭으로 끌고 나왔고, 힘껏 시동을 건 다음 드디어 꿈에 그리던 첫 이륙을 했다.

　당시만 해도 나는 아버지가 만든 비행기가 제대로 작동하고 하늘을 난다는 것이 너무도 당연하게 생각되었다. 나에게 아버지는 세상에 못하는 것이 없는 만능 재주꾼이었기 때문이다. 하지만 지금 생각하면, 그날 아버지의 비행기가 실제로 하늘을 날았다는 사실에 경탄을 금할 수 없다. 아무튼 그날 이후 아버지의 직업은 스턴트 파일럿으로 바뀌었다.

　아버지의 비행연기는 일품이었다. 집 지붕이 코앞에 부닥치지 않을까 걱정스러울 정도의 낮은 저공비행도 누구보다 잘했고, 심지어 한번에 몇 분씩이나 비행기를 뒤집은 채 날아, 보는 사람들 간담을 서늘케 했다.

　우연인지 필연인지 지금도 모르겠지만, 아버지의 우상 찰스 린드버그가 비행하다 사고를 당해 우리가 살던 뉴멕시코 주 변 마을 근방에 비상착륙을 한 일이 있었다.

　어머니는 그날 우연히 시내에 있는 친구 집에 놀러갔다가, 오도 가도 못하고 있는 비행사가 있는데 점심을 가져다 줄 수 있겠냐는 전화를 받았다. 어머니는 친구분과 함께 비행기가 추락했다는 마을 외곽지역으로 차를 몰고 갔다.

　린드버그는 먹을거리를 들고 온 여인들을 보자 너무 반가워서

손을 잡고 몇 번이나 고맙다는 말을 반복했다고 한다. 어머니가 광활한 대초원에서 남편의 영웅인 린드버그와 극적인 조우를 했다는 사실은 정말 우연이라고 하기에는 모자라는 기가 막힌 기적이었다!

그런데 린디는 우리가 사는 번 마을에 오랫동안 묵기 어려운 형편이었다. 시장은 환영 퍼레이드를 준비하겠다고 설쳤지만, 그 사이 린드버그는 이 외딴 촌마을에서 벗어나는 방법을 짜내느라 바빴을 것이다.

곡예비행사의 딸

아버지는 자신을 린드버그와 동일시했다. 새로운 길을 여는 개척자라는 점에서 그에게 조금도 꿀리지 않는다고 자부했으며 꺾이지 않는 모험정신에서는 그와 형제 같은 동질감을 느꼈다. 난 그때 15세 소녀에 불과했지만 하늘을 나는 일에 대해서는 어떤 사내아이들보다 흥미가 많았다. 이런 딸을 위해 아버지도 나름대로 계획을 세워 두셨다.

"바보도 나는 법을 배울 수 있어. 어때, 배워 볼래, 갈매기?"

나는 「싫어요」라는 말을 꿈에도 생각할 수 없었고, 이렇게 해서 나의 비행수업이 시작되었다.

오늘날은 조종사가 되기 위해선 적어도 40시간의 지상훈련을 받는다고 알려져 있는데, 그 당시 내가 아버지에게 받았던 지상훈련은 고작 한 시간이 전부였다. 현대식 비행기는 이름을 다 외

우기도 벅찬 수많은 계기반들로 어지럽지만, 내가 탄 비행기에는 오직 3가지의 표시판만이 있었다.

그것은 컴퍼스와 고도기, 그리고 경사를 가리키는 지침반이 전부였는데 그중 2개는 조종실 바깥에 있었다. 한쪽 날개에 붙어 있는 삼각형의 금속 줄체가 바로 비행속도기였다. 바깥바람이 철사로 만든 바늘을 앞뒤로 밀면서 숫자를 가리키게 했는데, 이것이 바로 바람의 세기를 나타내는 것이었다. 연료 게이지는 둥그런 모자를 쓴 형태에 철사 하나가 부착된 것으로 조종석 앞에 붙어 있었다. 이 철사가 위쪽을 가리키면 연료가 차 있다는 신호이고, 아래로 내려가면 연료가 떨어지고 있다는 신호로 알면 되었다.

드디어 창공으로 올라갔을 때, 나는 동서남북 정도는 이미 알고 있었기 때문에 계기반 따위는 쳐다보지도 않았다. 그리고 얼마 지나지 않아 내가 얼마나 높이 날고 있는지에 대해서도 나름대로의 방법을 체득하게 되었다. 착륙하고 싶을 때는 활주로 양편에 무성하게 자라는 잡초들을 눈여겨보면 그만이었다. 그 잡초들이 서로 분간되지 않을 정도로 뭉텅이처럼 보이면 그때가 바로 비행기를 땅에 내릴 시간이었던 것이다.

나의 역사적인 첫 단독비행은 17세 생일을 바로 얼마 앞두고 이루어졌다. 그 이후 나는 조종사 면허를 따기 위해 신청서를 낼 정도로 비행실력이 늘어났으며, 바로 그해 미국에서 조종면허를 받은 최연소자이자 5명의 여자 조종사 중 하나가 되었다.

　현대의 항공공학이 고도로 발전하게 된 것은 바로 찰스 린드버그나 나의 아버지처럼 비행에 대한 열정을 품은 사람들이 초석을 다졌기 때문이다. 어떤 분야이든지 한 분야의 개척자가 되기 위해서는 용기와 담대함이 당연히 필요하지만, 특히 그 일에 대한 사랑과 희생이 없으면 이루어지지 못한다.

　나의 아버지, 제임스 크리스트맨은 수천 명의 관중들이 보는 앞에서 비행쇼를 벌이던 중 엔진사고로 돌아가셨다. 그의 나이 마흔일곱 되던 해였다. 자신이 진정으로 사랑한 비행을 위해 살았고 또 그 비행을 위해 죽은 개척자, 나의 아버지를 나는 영원히 사랑한다.

캘리포니아 주 엔시니타스에서 노마 L. 존스

　(이 글은 1988년 출간된 노마 L. 존스의 자서전 『스턴트 파일럿의 딸』에서 저자의 승낙 아래 게재한 것임을 밝힌다.)

자신이 한 약속에 책임을 질 것

어머니와의 점심 약속

"제 시간에 온다고 약속해 주렴."

어머니의 목소리는 그 특별했던 날, 나를 죽음에서 삶으로 불러낸 거야.

내가 10대 시절을 보낸 프랑스의 메종 라피트는 제2차 세계대전 당시 독일의 점령지였단다. 마을 거리 곳곳마다 자동총으로 무장한 독일군들이 활보하고 다녔지. 마을 앞 바다는 바로 영국해협이었고, 또 그 바다 건너편에는 독일과 싸우고 있는 영국이 있었어.

1944년은 영국이 아주 거세게 대규모 공습을 감행한 해였어. 그래서 영국 폭격기며 독일 비행기들이 우리 마을 바로 위로 지나가는 일이 퍽이나 많았지. 머리 위에서 앵앵거리는 비행기 소리가 들리면 사람들은 하던 일을 멈추고 지붕 밑으로 숨어야 했단다.

그해 여름, 나는 철도역 근처에 있는 실크 스타킹을 파는 상점

에서 일하고 있었어. 내가 하는 일이란 대개 손님이 가져온 구멍 난 스타킹을 기우고 수선하는 일이었지.

나는 점심을 집에 가서 먹었단다. 그러기 위해서 보통은 하던 일을 잠시 내려놓고 집에 갔어야 했어. 그런데 하루는 손에 잡은 일을 마저 마치고 싶은 거야. 왜 그랬나 하면, 독일 당국은 낮 1시 전후로 시내의 모든 전력을 꺼버렸기 때문에, 집에 갔다가 가게로 돌아온 후에는 한동안 전기 재봉틀을 사용할 수 없었거든. 그러면 나는 손바느질을 해야 했는데, 그 일은 아주 지루하고 힘이 들었지. 그래서 집에서 어머니가 12시에 돌아오는 나를 기다리고 있는 줄 뻔히 알면서도 그날 하루만은 집에 늦게 가더라도 일을 마치고 싶었단다.

어쨌든 실크 스타킹과 씨름하며 일을 계속하고 있는데, 무슨 일인지 갑자기 어머니 얼굴이 떠오르는 거야. 그리고 그날 아침, 출근할 때 들었던 어머니의 말이 새삼스럽게 귓전에 자꾸 맴돌더구나.

"늦지 않게 집에 오도록 신경을 써라."

그러면서 내가 예정된 시간에 집에 돌아오지 않으면 어머니의 걱정이 이만저만 아닐 거라는 생각이 들었어. 나는 집에 가기로 마음을 바꾸고 내 물건들을 챙겨 들었단다.

집에 가려면 센 강을 건너야 했어. 그런데 내가 강을 가로지르는 큰 다리를 건너고 있을 때, 머리 위에서 폭탄이 떨어지는 소리가 들리는 게 아니겠니! 나는 미친 듯이 뛰었지! 폭격기들이

완전히 지나가고 폭탄이 모두 떨어질 때까지 얼마나 뛰었는지 몰라. 그리고 폭탄 하나가 내가 방금 막 건넜던 다리에 쿵 하며 떨어졌어. 나는 뒤도 돌아보지 않고 집으로 달려갔지.

　폭격이 끝난 다음, 나는 어머니와 함께 집 밖으로 나왔단다. 그리고 내가 건너온 다리를 다시 걸어 봤어. 폭탄을 맞은 다리는 상판들이 볼썽사납게 삐죽삐죽 제멋대로 올라와 있었어. 그 상판들 위로 조심스럽게 발을 내디디며 걸었을 때의 떨렸던 심정이 지금도 생생하구나. 상판들 사이로 세차게 흐르는 강물이 보였는데, 물살이 얼마나 빠른지 만약 강물에 빠졌으면 틀림없이 죽었을 거야.

　하지만 이 충격도 내가 일하던 작은 스타킹 상점을 보았을 때에 비하면 아무것도 아니더구나. 폭격기는 철도역을 공격 목표로 삼았던 모양인데, 철도역 가까이 있는 스타킹 상점도 당연히 공격을 받았지. 조금 전까지 내가 일하던 건물의 흔적은 어디에도 보이지 않았단다.

　전쟁이란 정말 일어나서는 안되는 것이지만, 그날 나는 더없이 소중한 깨달음을 얻었단다.

캘리포니아 주 포웨이에서 패트 비글러

지금 이 순간에 감사할 것

가난했지만 많은 것을 가졌던 시절

30년대로 돌아가 보자. 우리 가족은 아칸소 주에서 보텀랜드라고 불리는, 한때 강의 밑바닥이었던 부분을 농토로 바꾼 지역에서 살고 있었다.

아버지는 농사도 짓고 물고기도 잡아서 팔아 생계를 이어갔다. 11명이나 되는 아이들이 있었지만 침실은 단 2개밖에 없었기 때문에 어머니와 아버지는 거실에서 잠을 자야 했다.

전기가 들어오기 훨씬 전이어서 난방은 전적으로 땔감을 넣는 난로에 의존했다. 4개의 짧은 다리가 달리고 몸통이 뚱뚱한 이 난로는 내 눈에 꼭 살찐 수퇘지로 보였다. 눈이라도 내리면 얇은 양철지붕 사이에 난 구멍으로 눈발이 집 안까지 들어와 얼굴에 흩어지는 일도 많았다.

철없던 나는 종종 우리가 너무 가난하다는 생각에 우울해질 때도 있었는데, 지금 돌이켜보면 우리가 미처 깨닫지 못한 많은 것을 가지고 있었던 시절이 그때가 아닌가 싶다.

　봄이 가까워지면 자연은 한겨울 동안 쌓였던 눈을 녹이며 강을 범람하게 만들었다. 한꺼번에 힘을 얻은 엄청난 양의 강물은 집 안까지 쏟아져 들어왔기 때문에 우리는 해마다 가구를 옮기고 집에서 나와 한동안 몸을 피해 있어야 했다.

　사람들뿐만 아니라 부랴부랴 닭장에 있던 병아리들도 밖으로 내몰고, 집에서 기르던 다른 가축들과 함께 텐트 하나에 밀어 넣었으며, 어서 물이 빠져 농작물 피해가 없게 해달라고 간절하게 기도했다.

　드디어 물이 빠지고 집 안으로 들어갔다. 벽과 바닥은 온통 산과 강에서 실려 온 진흙 더미가 잔뜩 달라붙어 엉망이 되어 있었다. 우리는 집 안을 깨끗이 청소하는 일에만 며칠 밤을 새워야 했다. 청소가 끝나면 다시 가구를 집 안으로 옮기고, 가축들도 보금자리에 들여보내 주었다.

　봄부터 여름까지 아버지는 고기를 잡으러 베이디치에 내려가 따로 지냈다. 강에 그물을 던지면 잉어와 메기 같은 커다란 고기들이 걸려들었다. 하지만 고기가 비싼 값으로 팔리지는 않아 큰 돈을 만지기 힘들었다. 그래도 고기를 낚는 것이 농사 외에 우리 가족이 돈을 벌 수 있는 유일한 방법이었다.

　우리는 주말마다 보트를 타고 아버지가 있는 베이디치에 갔다. 당시 우리집에는 트럭은커녕 자동차도 없었기 때문에 어디에 가려면 걷거나 배를 이용해야만 했다.

　우리 형제들이 목화를 딸 수 있는 나이인 세 살이 되면 어머니

는 면으로 목화를 담을 수 있는 작은 자루를 만들어 주었다. 그러면 아버지는 우리가 따오는 목화 양에 따라 돈을 나누어 주었다.

어머니는 몸이 약해서 농사일을 전혀 할 수 없었다. 대신 어머니는 우리 11남매가 각자 힘에 맞는 농사일을 돕는 동안 음식을 만들었다. 식사시간이 되면 어머니는 종을 울렸는데, 우리는 그 소리가 들리기를 얼마나 손꼽아 기다렸는지 모른다.

사랑은 돈으로 살 수 없는 것

추수기가 끝나갈 무렵이 되면 우리는 시어스 로벅 카탈로그를 들여다보며 꿈에 부풀어 있었다. 어머니는 가족들이 모두 보는 앞에서 겨울을 지낼 동안 필요한 목록을 정리했다.

하지만 우리집 근처에는 진짜 상점다운 상점이 없었기 때문에 시어스 로벅 카탈로그로도 구할 수 없는 물건들, 예를 들면 밀가루, 커피, 설탕 따위는 아버지가 1년에 한번씩 멤피스까지 가서 직접 사와야 했다.

아버지는 멤피스까지 기차를 타고 가 그곳에서 물건을 산 다음 배편으로 집에 보냈다. 굳이 멤피스까지 가서 물건을 산 이유는 집에서 가장 가까운 마을이 버드아이인데, 그래 보았자 학교 교사가 하나, 목화를 씨아로 트는 곳이 하나, 우체국 하나, 그리고 오래 된 물건이 쌓여 있는 가게 하나가 고작이어서 차라리 멤피스에서 사는 편이 훨씬 돈이 덜 들었기 때문이다.

그런데도 내 눈에는 버드아이 사람들이 나오는 전혀 다른 세계에 사는 상류층으로 보였다. 그들은 가끔 상점에서 파는 옷을 입고 다녔기 때문이다.

하지만 우리집은 늘 어머니가 직접 만들어 준 옷을 입고 다녔는데, 나는 그것이 너무 싫었다. 또 우리가 점심으로 비스킷과 햄을 싸가는 데 반해 읍내 아이들은 땅콩 버터와 크래커, 바나나를 가져오기도 했으며, 때로는 상점에서 산 음식을 가져오기도 했다.

그러나 좋을 때도 있었다. 어쩌다 어머니가 특별히 프라이 초콜릿 파이를 만들어 주기라도 하면 읍내 아이들은 우리집에서 만든 파이를 얻어 먹으려고 일대 소동을 벌였다.

그애들에게는 우리가 늘 먹는 음식이 생전 처음 먹어 보는 신기한 음식이었던 것이다. 그애들은 내가 아침에 비스킷과 고깃국물, 튀긴 고기를 먹는다는 사실도 마냥 신기해 했으며, 또 그애들이 가지지 않은 것을 내가 가지고 있는 것에 대해서 부러워하기도 했다.

하지만 나는 그때 다른 아이들이 왜 우리 가족을 부러워하는지 알지 못했다. 그저 우리는 아무것도 없는 가난뱅이고 그들은 부자라는 생각에만 빠져 있었기 때문에 우리집을 부끄럽게 생각했다.

나는 가난했던 그 집을 떠나고 오랜 시간이 흐른 뒤에야 비로소 그때 우리가 누렸던 것들이 얼마나 소중한 것이었는지 깨달

앗으며, 그런 생활을 할 수 있었다는 사실에 감사를 드렸다.

비록 돈이 없고 가난한 집이었지만, 우리에게는 필요한 모든 것이 있었다. 병아리, 돼지, 우유와 버터…… 그리고 사랑만은 어느 집 부럽지 않게 차고 넘쳤다. 대가족의 장점은 사랑이 많다는 것이다.

나의 삶에서 가장 큰 재산은 가족간의 사랑이며, 그 사랑은 물질적인 풍요나 그밖의 어떤 것보다 훨씬 중요하다. 사랑은 돈으로 절대 살 수 없기 때문이다. 이런 점에서 우리 11남매는 참으로 축복받은 유년시절을 보냈다.

미시시피 주 바이할리아에서 유니스 스터트

책임을 다한 후에는 자부심을 느낄 것

나의 첫 직장

내가 열두 살 때 우리 가족은 시골에서 살고 있었다. 우리집에서 언덕을 넘으면 초등학교가 있었고, 바로 이웃에는 커다란 교실 하나에 초등학교 1학년과 2학년, 3학년을 한꺼번에 모아 가르치던 도지 선생님이 살고 있었다.

도지 선생님은 교실을 청소해 줄 사람이 필요했는데, 그 일이란 걸레질을 하고 먼지를 털고 책상 줄을 맞추고 교실을 따뜻하게 해주는 커다란 난로에 넣을 장작을 나르는 일이었다.

"아주 중요한 일이야. 하지만 너라면 잘 해내리라 믿어. 급료는 읍사무소 직원인 테일러 양이 지불할 거야. 일주일에 1달러, 한달이면 4달러를 버는 셈이지."

도지 선생님의 제안에 나는 가슴이 뛰었다. 이 정도 일을 하고 돈을 벌게 될 줄은 꿈에도 몰랐기 때문이다.

나는 매일 아침 일찍 일어나 학교 버스가 오기 전에 긴 언덕을 올라가 도지 선생님이 가르치는 교실에 들어갔다. 나의 하루 일

과는 먼저 난로에 불을 피운 다음 그날 쓸 땔감을 날라 오는 것으로 시작되었다.

수업이 끝난 다음에는 걸레질을 하고 먼지를 털고 25개의 책상과 의자를 줄을 맞추어 정돈했다. 청소가 끝나면 칠판에 낙서를 하며 놀기도 했다. 그때마다 나는 선생님이라도 된 기분으로 색분필로 그림을 그렸다. 그리고 작은 풍금에 앉아 아이들에게 노래를 가르치는 시늉을 해보기도 했다.

겨울이 되어 눈이 많이 쌓이면 아버지는 학교에 가는 나를 위해 삽을 들고 학교까지 이어지는 눈길을 깨끗이 쓸어 주었다. 아무리 춥고 힘이 들어도 아버지는 개의치 않았다. 도지 선생님이 어린 딸에게 의지하고 있다는 것을 잘 아는 아버지는 딸이 제대로 일을 잘할 수 있도록 아낌없이 지원해 준 것이다.

드디어 4주일이 지났다. 첫 봉급을 받으려고 테일러 양의 집으로 찾아갈 때 내 가슴은 얼마나 뛰었는지 모른다. 테일러 양은 내 이름 밑에 「액수 / 4달러」라고 적은 다음 자신의 이름을 서명했다. 이 순간 이 세상에서 가장 부자 꼬마는 바로 나였다. 이런 식으로 2년 동안 매달 돈을 벌었으며, 그 돈으로 할 수 있는 일은 아주 많았다.

세월이 흘러 나는 초등학교 3학년 선생이 되었다. 하지만 이제는 내가 가르치는 교실을 청소해 줄 어린 소녀는 없었고, 칠판에 그림을 그리는 아이도 없었다. 대신 수위가 있었다.

이제 여러분도 책임감이 어떤 의미인지 알 것이다. 책임감이

란 아무리 일이 힘들어도, 그래서 그 일을 하고 싶지 않더라도 맡은 일을 다하는 것이다. 그리고 이런 책임 있는 자리에 오른다는 것은 기분 좋은 일이다.

도지 선생님이 나에게 「넌 참 책임감이 강한 아이다. 그래서 네가 자랑스럽다」라고 했던 말을 나는 아직도 기억하고 있다. 그리고 그런 내가 스스로도 너무 대견스럽고 자랑스러웠던 것도.

플로리다 주 유스티스에서 스텔라 브린클리

어린 시절의 순수함을 잊지 말 것

메디아, 어디 있니?

사랑하는 메디아.

네가 이 할미에게 했던 말 기억나니?

"할머니! 너무너무 보고 싶었어요! 얼마나 보고 싶었는지 아세요? 지난번에 할머니 집을 나가자마자 할머니 얼굴이 다시 막 보고 싶어 죽는 줄 알았어요!"

사랑하고 사랑하는 메디아, 너는 봉숭아 꽃잎 같은 입술로 이렇게 말하곤 했단다.

나는 네가 6세 때부터 14세 때까지 했던 말을 모두 적어 놓았단다. 지금 나는 그때 적은 말을 다시 찾아보고 있는 중이란다. 네가 얼마나 깜찍하고 앙증맞았는지 기억하면서 말이다.

"할머니, 할머니 다리에 생긴 그 줄은 뭐예요? 그러니까 지렁이처럼 꼬불탕거리는 줄 말이에요!"

그리고 때로는 심각하고 철학적인 표현을 하기도 했지.

"할머니, 저 구름들이 움직이는 걸 보세요! 하느님이 구름을

밀고 있나 봐요, 그렇죠?"

너는 이렇게 사랑스럽고, 밝고, 재미있고, 사려 깊은 소녀였지. 네가 했던 말을 적어 놓은 것은 네가 자라서 어른이 되고, 또 세월이 흘러 엄마가 되었을 때, 너와 네 자식들에게 네 가슴속에 넘치던 어린아이다운 생각을 가르쳐 주고 싶어서였어.

그 시절 너와 나는 서로의 생각과 감정을 나누는 정말 특별한 사이였지. 내가 그런 널 얼마나 소중하게 생각했는지 몰라. 나는 그런 소중한 너에게 인생의 중요한 일을 가르치고 싶었고, 세상을 보여 주고 싶었단다. 그래서 내가 종종 이런 말로 너를 놀렸던 것 기억하니?

"메디아, 넌 어른이 되지 말거라. 절대 쌀쌀맞은 새침데기로 자라지 않겠다고 이 할머니에게 약속하렴."

하지만 세월을 막을 수는 없었어. 너는 거침없이 자랐고, 갑자기 낯선 사람이 되어 버렸더구나. 내가 네 인생에 들어갈 곳은 없게 되었단다. 아, 그것은 정말 누군가가 죽었을 때처럼 아주 텅 빈 느낌이란다.

내 보석상자에는 보석 대신 네 유년시절의 말들이 보물로 채워져 있단다. 가끔 나는 그 안에서 너의 반짝이는 보물을 꺼내 읽어 본단다.

"할머니, 만약 내가 부자라면, 할머니께 아주아주 예쁜 목욕옷을 사주고 싶어요. 그리고 할머니하고 나하고 둘이서 그 예쁜 옷을 입고 같이 스프링클러 속으로 뛰어들어가는 거예요! 정말, 정

말이라니까요! 음…… 어떤 무늬가 좋을까? 미키 마우스 그림이 그려진 목욕옷이 어때요?"

"난 할머니가 크리스마스 때문에 무지하게 바쁜 것 다 알아요. 하지만 그래도 엄마를 위해 이 종을 매야 하는데, 날 좀 꼭 도와주세요, 네? 왜냐하면, 음, 왜냐하면 엄마는 크리스마스보다 훨씬 중요하잖아요. 물론 음식 만드는 것도 중요하죠. 하지만 그래도, 세상에서 제일 중요한 사람은 엄마니까요."

오, 메디아. 네가 이런 말을 했다는 것 기억나니? 그때가 그립지 않니? 난 그때가 몹시 그립단다.

그리고 메디아, 난 네가 무척 보고 싶고, 우리가 서로의 모습을 다시 발견하게 되기를 진정으로 바란단다. 무엇보다 너의 마음속 어딘가에는 그 사랑, 남을 생각할 줄 아는 순수한 어린 소녀의 마음이 아직도 남아 있기 때문이야.

메디아, 넌 어디에 있니.

위스콘신 주 밀워키에서 시르레이 실코

나쁜 일을 보고도 모른 척하지 말 것

내 집에서는 안돼!

경제 대공황의 여파에 이어 국가에서 정책적인 대수로 사업을 벌이던 시절, 우리 가족은 네브래스카 주 플랫 강 근처에서 농사를 지으며 살았다. 모두가 힘들게 살던 시절이었지만, 우리집은 농사일을 돕는 일꾼을 둘 형편은 되었다.

우리집 일꾼은 가축을 기가 막히게 잘 다루고 소처럼 열심히 일해서 일꾼으로는 부족함이 전혀 없었다. 문제는 입이 워낙 걸어서 어린 우리는 물론 부모님까지 종종 당황하게 만든다는 사실이었다.

하루는 그 일꾼이 또 무어라 알 수 없는 욕설을 내뱉었다. 우리집에서는 생전 처음 듣는 그 말에 어머니는 얼굴을 붉히셨고, 아버지도 험상궂게 인상을 쓰셨다.

"우리집에서는 그런 말 쓰지 않네."

아버지는 근엄한 목소리로 일침을 가했다.

일꾼은 즉시 욕을 되삼키고 잘못했다고 사과했다. 지금 생각

해도 그때 그가 나쁜 뜻으로 욕을 한 것은 아니며, 또 진심으로 사과했다는 것도 알겠다. 그가 한 욕은 일종의 습관처럼 입을 벌리기만 하면 저도 모르게 튀어나오는 말이었을 것이다.

하지만 아버지가 이런 말을 한 것이 기억나는 걸 보면, 그는 그후에도 여러 번 욕을 한 것이 틀림없다.

"자네가 일을 할 때나 바깥에 있을 때는 무슨 말을 하든지 난 상관하지 않네. 하지만 여기, 내 아내와 아이들이 있는 내 집 안에서 그런 상스러운 소리를 하는 건 절대 허용할 수 없어."

하지만 아버지의 위협은 먹히지 않았다. 하루도 지나지 않아 그 일꾼은 또 욕을 했으니까(한시라도 입을 가만두지 못하는 것도 그 사람의 천성이었다). 그는 생각나는 대로 막말을 하는 사람이었다. 그는 욕을 해서 미안하다는 말을 할 때조차 「씨ㅡ」라는 상소리를 앞에 붙였다.

요즘 같으면 그 정도 욕은 별로 심한 욕이 아니며, 그 일꾼은 말을 꺼낼 때마다 딱 한마디 「씨ㅡ」라는 말을 붙이는 버릇이 있을 뿐이라고 생각할 수도 있다. 하지만 아버지는 그를 해고시켰다. 그 일꾼만큼 일을 잘해 줄 사람을 구하기 힘들다는 걸 알면서도 말이다. 아버지에게 약속은 중요한 것이었기 때문이다.

요즘은 내가 어렸을 때는 상상도 못했던 끔찍한 사건이 하루에도 수십 건씩 일어난다. 우리는 처음에는 놀라기도 하고 경계도 하지만 시간이 지나면 어느새 그런 악습에 익숙해져 놀라지 않는다.

　하지만 아버지는 나에게 나쁜 일은 절대로 모른 척하고 넘어가거나 참지 말아야 한다는 것을 보여 주셨다. 우리가 계속 입을 다물고 악습을 수용하기 시작하면, 비도덕성은 어느새 우리의 정신과 일상을 물들이는 일반적인 것으로 변하기 때문이다.

캘리포니아 주 포웨이에서 진 펠킨스

눈을 감는다고 어려움이 사라지지는 않는다

보고 싶으면 눈을 떠라

가족과 함께 막 쇼핑을 마치고 돌아온 나는 세 살짜리 아들 브라이언을 재우기 위해 계단을 올라가다가 브라이언이 조금 전사온 60cm 자를 가지고 노는 것을 보았다. 나는 기겁을 했지만, 침착한 목소리로 들고 있는 자를 내려놓으라고 아이를 달랬다. 하지만 고집 센 브라이언은 싫다며 도리질을 쳤다.

바로 그 순간, 자가 브라이언이 디디고 있던 계단을 내리치더니 마치 화살처럼 아이의 오른쪽 눈을 깊숙이 찌르고 말았다. 나와 남편은 당장 아이를 안고 병원으로 달려갔고, 아이는 5시간에 걸친 수술을 받았다. 의사들은 브라이언이 수정체를 다쳤지만 시간을 두고 치료하면 어느 정도 시력을 찾을 수 있을 거라며 우리를 안심시켰다.

우리가 의사와 상담을 하는 사이에 브라이언은 마취에서 깨어났다. 브라이언은 아무리 눈을 떠보려 해도 아프기만 하고 아무것도 보이지 않자 놀라고 겁이 났다. 통증과 두려움에 사로잡힌

아이는 다치지 않은 왼쪽 눈까지 뜨지 않으려 했다. 겁에 질린 브라이언이 이렇게 하는 것은 어쩌면 당연한 일이었다.

"브라이언, 눈을 떠봐! 왼쪽 눈은 뜰 수 있단 말이야!"

우리는 온갖 방법으로 브라이언의 마음을 돌리려 했지만, 아이는 도무지 말을 듣지 않았다. 나는 브라이언에게 눈만 뜬다면 원하는 장난감을 뭐든지 사주겠다고 약속했다. 그래도 말을 듣지 않자 이번에는 반대로 브라이언이 가장 좋아하는 장난감 기차를 뺏겠다고 으름장까지 놓았지만 아무 소용 없었다. 그러나 누가 어린 브라이언을 탓할 수 있겠는가. 나는 차라리 내 눈이 대신 보이지 않았으면 좋겠다는 심정이었다.

나흘이 지났다. 의사는 시력을 회복할 수 있는지 진단하려 브라이언의 다치지 않은 왼쪽 눈꺼풀을 조심스럽게 들어 올려 보았다. 처음에는 눈이 떠지지 않았다. 하지만 며칠 동안 계속하자, 브라이언의 왼쪽 눈꺼풀은 점점 떠지기 시작했다.

브라이언은 이제 자신이 원하기만 하면 모든 것을 다시 볼 수 있다는 사실을 깨닫고 뛸 듯이 기뻐했다.

"엄마, 이리 오세요. 어서 내 방으로요!"

브라이언이 소리를 질렀다.

나는 아이를 따라 2층으로 올라갔다. 브라이언은 자기 방에 뛰어들어가 장난감 하나하나를 들어 나에게 보이며 이름을 말하기 시작했다. 아이는 방 안의 장난감을 모두 소개할 모양이었다. 드디어 진력날 정도가 되자, 이번에 브라이언은 누나 다니엘 방으

로 나를 끌고 갔다. 그리고 신이 난 얼굴로 누나의 모든 소지품을 꺼내어 이리저리 만지며 내게 보여 주었다.

아이의 왕성한 활동력이란! 절반의 시력을 다시 찾았다는 기쁨에 열심히 뛰놀던 아이도 시간이 지나자 힘이 빠졌는지 이번에는 나를 자기 옆에 눕게 했다. 내가 나란히 눕자 브라이언은 바짝 몸을 붙여 왔다. 그런 다음 내 쪽으로 손을 뻗고는 내 등을 톡톡 두들겼다.

"엄마, 엄마는 내 친구예요."

고통 속의 기쁨이라 할까. 브라이언의 사고는 일어나서는 안 될 사고였지만 그럼에도 우리 가족에게 단순히 말로 설명할 수 없는 신비스럽고 아름다운 기쁨으로 다가왔다. 고통이 승리보다 가치 없다고 누가 말하겠는가? 브라이언은 두려움을 이기고 스스로 눈을 뜸으로써 자신이 잃었다고 생각한 세계를 다시 찾아낸 것이다.

우리는 살아가면서 부딪히는 어려움과 장애를 부정하려고 한다. 하지만 그렇다고 해서 문제가 정말로 사라지는 것은 아니다. 눈을 똑바로 뜨고, 어려움과 정면으로 맞설 자신이 있다면, 우리는 능히 그 어려움을 극복할 수 있다. 이런 자기 승리야말로 기쁨으로 가득 찬 세계를 다시 얻는 방법일 것이다.

캘리포니아 주 산티에서 조안나 테일러

누구나 자유로울 권리가 있다

내 조국은 어디인가

1941년 12월 7일은 나에게 아직도 떠올리기 힘든 날이다. 그날, 일본은 진주만을 기습 공격함으로써 미국을 제2차 세계대전에 뛰어들게 만들었고, 그 결과 나의 삶을 혼돈 속으로 몰아넣었기 때문이다. 일본계 미국인으로서 미국을 조국으로 삼은 나는 그날 상처입은 나의 감정을 혼돈이라고밖에 달리 표현할 길이 없다.

22세의 나이에 나는 이미 우리 가족의 실질적인 가장이었다. 오빠가 둘 있었지만 에드워드와 코키 오빠 둘 다 결혼을 하고 따로 독립해 살고 있었고, 아버지는 해결해야 할 법률문제가 있어서 1년짜리 비자를 받아 일본 오키 섬에 가 있었기 때문이다.

하지만 불행하게도 아버지의 비자 시한이 끝났을 때, 일본과 미국은 한참 전쟁에 돌입한 상태였기 때문에 아버지가 태평양을 건널 수 있는 방법은 없었다. 결국 아버지는 1942년 전쟁으로 찢긴 일본 땅에서 돌아가시고 말았다.

그때를 생각하면 지금도 광란과 공포의 악몽을 꾸고 있는 것만 같다. 하루하루가 지나갈수록 가슴이 무너지는 소식만 들려왔다. 게다가 일본계 미국인인 우리 가족은 적의 스파이라는 오명을 쓰고 말았다. 그리고 드디어 우리를 포로 수용소로 후송한다는 통보를 받았다. 그것은 더이상 어찌해 볼 수 없는 마지막 결정타였다.

우리는 포로 수용소로 가기 전에 집과 가게를 처분하라는 지시를 받았다. 하지만 어떻게? 한마디로 총체적인 혼돈 그 자체였다. 손때가 묻은 정든 살림살이를 팔고 마지막으로 친구들과 작별인사를 나누며 느꼈던 착잡함……. 궁지에 몰린 채 헐값으로 가게에 있던 물건을 모두 팔아 손에 쥔 800달러를 바라보던 그 막막함…….

어머니와 프란시스, 베르니, 샐리 그리고 나, 이렇게 우리 다섯 식구는 푸얄럽 페어그라운드의 특별관람석 밑에 있는 임시 대피소로 들어갔다. 바닥과 벽이 차갑고 축축했으며 쾨쾨한 냄새가 나는 콘트리트 건물이었다.

하지만 콘크리트 속에서 살아야 한다는 사실보다 조국에 대한 신념과 믿음이 완전히 사라진 것이 더 서글펐고 심한 배신감마저 느꼈다. 나의 조국, 미국은 나를 실망시켰다. 미국은 더이상 나의 조국이 아니었다. 우리는 누구인가? 나는 무엇인가? 나에게는 오직 1132—C라는 죄수번호만 남아 있을 뿐이었다.

우리는 죄수였고, 그에 준한 취급을 받았다. 전쟁 죄수들이 군

용 트럭에 태워졌을 때 나는 사람들로 꽉 찬 트럭 안에서 도살장으로 끌려가는 소가 된 듯한 비참한 기분을 느꼈다. 인간의 존엄성을 상실한 데서 오는 참담함, 그때의 내 감정을 표현할 단어를 찾지 못하는 사실이 지금도 부끄럽다. 나는 얼마나 오랫동안 이 철망 속에 짐승처럼 갇혀 있어야 할까. 영원히?

모든 사람에게 공정한 기회를

전쟁이 끝나고, 우리 가족은 수용소를 나왔다. 미국 정부는 우리에게 한 사람당 50달러의 주거정착비를 지급했다. 우리는 무작정 시카고로 향했다. 하지만 그곳에서 어느 누구도 우리에게 아파트를 내주려 하지 않았다. 나는 어느 아파트 관리실 문을 두드렸고, 빈집이 있는지 물었다.

"일본인이오?"

아파트 관리인이 물었다.

"그렇습니다."

나는 대답했다.

"우리는 일본인에게 집을 내놓지 않아요."

그녀는 매정하게 문을 닫았다.

나는 닫히는 문 틈으로 발을 집어넣었다. 관리인이 다시 문을 열었을 때, 그녀의 뒤쪽 벽에 예수님 사진이 붙어 있는 것이 보였다.

"당신도 기독교인입니까?"

"그래요."

관리인이 대답했다.

"우리가 싫으시겠죠. 하지만 딱 3주일만 지내게 해주세요. 그 후에는 반드시 집을 비우고 다른 곳으로 가겠습니다."

무슨 이유에서인지 관리인은 우리에게 기회를 주었다. 그리고 시간이 지나면서 그녀와 나는 좋은 친구가 되었다.

진정한 민주주의 국가에서는 우리와 같은 비극을 다시 겪는 시민이 나오게 해서는 안되며, 국민 개개인의 인권을 보호하는 법과 제도를 더욱 철저히 갖추어야 한다. 개인의 인권을 보호하기 위해 힘써 온 선조의 정신을 이어받아 모든 사람에게 공정한 기회를 주는 것이 참된 민주주의니까 말이다.

캘리포니아 주 카디프바이더시에서 마치 기무라

어려운 이웃에 대해 연민을 가질 것

영영 잊지 못할 호보 수프

나는 대공황으로 미국경제가 한참 어려웠을 때 어린 시절을
보냈습니다. 주식시장이 붕괴되었고 기업들이 속수무책으로 쓰
러져 갔던 시절이었죠. 많은 사람들이 직장을 잃었고, 생활비품
은커녕 당장 입에 풀칠할 음식을 살 돈도 없었습니다.

우리집 역시 여느 집과 다름없이 살기가 힘들었습니다. 하지
만 우리는 살아 있음을 즐기는 아주 쉽고 단순한 방법을 찾아내
는 재주가 있었나 봅니다.

예를 들면 우리 형제는 집을 즐거운 놀이터로 만들 줄 알았습
니다. 포도넝쿨을 그네삼아 매달려 놀기도 하고, 가까운 계곡을
찾아가 신나게 헤엄을 즐겼으며, 앞마당에 다정하게 서 있는 월
계수 나무를 타다가 땅으로 껑충 뛰어내리기도 했습니다.

생각만 바꾸면 즐거운 일은 얼마든지 만들어 낼 수 있었습니
다. 우리집은 꽃씨를 살 형편이 못 되었기 때문에, 우리는 들판
으로 나가 들에 핀 야생화를 흙째로 퍼다가 마당에 옮겨 심었습

니다. 이렇게 우리는 언제나 재미있는 일을 찾으려 눈을 번득거렸고, 새로 심을 꽃을 찾아 들판을 헤매며 놀았죠.

하지만 아무리 철모르는 아이라 해도, 인생이란 늘 재미있을 수만은 없었습니다. 식사시간이 되면 어머니는 배고픈 사람이 찾아올 경우를 대비해 마지막 음식 조각 하나는 남겨 두라고 말하곤 했습니다.

사실 그 시절에는 얼굴도 모르는 사람이 우리집을 찾아와 한 끼만 먹여 달라, 무슨 일이든지 할 테니 시켜 달라, 아니면 하룻밤만 재워 달라고 부탁하는 일이 많았죠. 그럴 때마다 아버지는 그 사람들의 이야기를 모두 들어주었고, 만약 그들이 정직하고 성실한 사람이라고 판단되면 일거리를 주었습니다.

어머니는 여전히 식사 때마다 우리 접시에 있는 마지막 조각을 거두었습니다. 그리고 그 음식을 과일 항아리에 담고는 상하지 않게 봉해서 간직했습니다.

일요일이 되면 어머니는 그동안 모은 음식을 커다란 냄비에 넣고 끓이기 시작했습니다. 바로 호보(그 당시에는 집 없는 사람들을 「호보」라고 불렀음)들에게 대접할 수프였죠. 주일 예배가 끝나면 사람들은 어머니가 만든 「호보 수프」를 먹으려고 우리집으로 모여들었습니다. 그들 중에는 진짜로 지붕 없는 집에 사는 사람도 있었습니다.

농사를 짓던 아버지는 남는 야채가 있으면 아낌없이 이웃에게 나누어 주었습니다. 언젠가 나는 아버지를 따라 우리 동네를 벗

어난 적이 있었는데, 그곳에서 종이상자를 엮거나 타르를 겉바른 판잣집에서, 또는 다 해진 텐트 속에서 먹고 자는 사람들을 보았습니다. 아주 추운 날씨였는데도 남자애 하나가 알몸으로 바닥에 쭈그리고 앉아 있는 것을 본 나는 어이가 없어서 웃고 말았습니다. 내 웃음소리를 들은 아버지는 화를 벌컥 내시더니, 나를 트럭으로 쫓아 버렸죠. 나는 혼자 트럭에 탄 채 아버지의 일이 끝날 때까지 기다려야만 했습니다.

드디어 집으로 돌아왔지만 나는 아무것도 먹지 못한 채 이번에는 차가운 방으로 쫓겨났습니다. 2시간이 지난 후에야 아버지는 방에 들어와 나를 따뜻한 부엌으로 데려갔고 김이 나는 뜨끈한 음식을 먹여 주었습니다. 아버지는 음식을 다 먹은 나를 무릎에 앉히고 무엇을 배웠는지 물어 보시더군요. 나는 배가 고프고 추운 것이 장난이나 우스운 일이 아니라는 것을 깨달았다고 대답했습니다.

지금 나는 운이 따라서 비록 큰돈은 아니지만 어려운 이웃에게 돈을 나누어 주고, 힘든 친구와 동료가 있으면 도울 형편이 됩니다. 앞으로도 배고픈 사람이 나를 찾으면 그가 누구든지, 언제라도 그의 허기를 덜어 주고 싶습니다. 왜냐하면 「호보 수프」를 만들던 어머니의 마음과, 그 수프마저 없어서 굶었을 수많은 사람들에 대한 애처로움이 영영 잊혀지지 않기 때문이죠.

루이지애나 주 파인빌에서 베르티 D. 콘

자신에게 하듯이 상대방을 대할 것

내 인생의 황금률

나는 초등학교 1학년 때, 우리 반 담임이던 영 선생님을 얼마나 사랑했는지 모른다. 늘씬하게 큰 키에 아주 긴 검은 머리카락이 반짝이던 선생님은 정말로 아름다운 분이셨다.

내가 다니던 학교는 교실이 3개뿐이어서 1학년과 2학년이 한 교실에서 수업을 받았다. 매일 노래 부르는 시간이 되면 영 선생님은 나에게 앞으로 나와서 노래를 불러 보라고 하시곤 했다.

어느날 영 선생님은 우리에게 선물을 하나씩 주셨는데, 나무로 만든 긴 자였다. 영 선생님은 우리에게 자를 들어 보이며 12인치가 1피트라고 설명해 주셨다. 그런 다음 자를 뒤집어 보라고 하시면서 내가 영원히 잊지 못할 이야기를 해주셨다.

영 선생님은 우리에게 자 뒤에 쓰여진 글씨를 읽어 보라고 한 다음 다시 한번 직접 읽어 주셨다.

"남을 대할 때 자신한테 하듯이 하면, 남도 너에게 똑같이 잘 해 줄 것이다."

　영 선생님은 우리에게 모든 사람한테 잘 대해야 한다는 교훈을 주신 것이다. 우리는 이 글귀를 암기하고 황금률로 삼았다. 이 말은 우리 모두의 삶에 많은 영향을 주었는데, 지금도 마찬가지일 것이다.

웨스트버지니아 주 블루필드에서 낸시 화이트

더 나은 내일을 위해 인내할 것

힘든 날은 지나가리니

어머니는 경제 대공황이 찾아왔을 때 시카고에 살고 있었다. 그 무렵은 여기저기서 은행이 문을 닫았고 많은 사람이 피땀 흘려 투자한 돈을 잃었던 시절이다.

약국을 운영하던 우리집은 혹시 한 은행이 파산하더라도 다른 은행은 안전할 수 있다는 생각으로 번 돈을 4개의 다른 은행에 맡겨 두었다. 하지만 불행하게도 우리 돈을 맡은 은행 4곳이 불과 며칠 사이로 연달아 파산했고, 우리 가족은 완전히 빈털터리가 되고 말았다.

그때 어머니는 아버지의 어깨에 팔을 얹으며 이렇게 말했다.

"여보, 걱정 마세요. 시간이 지나면 다 옛날 일처럼 생각하게 될 거예요."

6년이 흐르는 동안 부모님은 다시 열심히 일했고 집안 형편도 차츰 나아지기 시작했다. 그런데 아버지가 갑작스레 큰 병에 걸렸고, 2주일 만에 세상을 떠났다. 어머니와 나에게는 한푼도 남

겨 놓지 않고 말이다.

　그동안 여기저기서 빌린 돈은 모두 아버지 이름으로 되어 있었기 때문에 아버지가 죽자 채권자들은 빌려간 돈을 당장 갚으라고 독촉을 했다. 결국 정해진 시한 안에 부채를 다 갚을 도리밖에 없었지만, 우리에겐 모든 빚을 한꺼번에 갚을 능력이 없었다. 결과적으로 우리 가족은 다시 한번 모든 것을 잃고 말았다. 이때도 어머니는 이렇게 말했다.

　"애야, 이 어려움도 지나갈 거야."

　나는 15세가 되었을 때 시카고에 있는 약학대학에 진학하기로 결심했고 스스로 학비를 벌기 시작했다. 그런데 바로 그 무렵 어머니는 심장이 나빠져서 일을 하지 못하게 되었다. 우리 식구는 할머니가 살고 있는 밀워키로 이사를 갈 수밖에 없었다. 어머니와 나의 생활은 전적으로 내 양 어깨에 달려 있었다.

　고등학교 2학년 가을학기가 시작되었을 때 나는 우리집 형편상 대학진학은 무리이며 공부할 시간적인 여유가 없다는 현실을 깨달았다. 나는 대학을 포기하고 비서로 진로를 바꾸었다. 그때 우리에게는 영영 미래가 없을 것처럼 보였다. 하지만 어머니는 이렇게 말했다.

　"어려운 시절은 다 지나가게 마련이야."

　고등학교를 졸업한 나는 월급이 후한 법률사무소의 비서로 취직되었다. 미래는 밝고 전도가 양양해 보였다. 이윽고 어머니와 나는 월세 25달러를 내는 우리집을 장만할 수 있었다. 어머니는

아주 행복해 했다.

"내가 모든 일이 잘 될 거라고 말했지."

어머니가 말했다.

세월이 흘러갈수록 나는 어머니의 말을 되씹어 보는 시간이 많아졌다. 사는 것이 힘들고 괴롭다고 느껴질 때마다 나는 스스로에게 「이 어려움도 언젠가 지나갈 거야」라고 말하며 다시 힘을 냈다.

이 말을 기억하고 믿는 사람에게는 어려운 시절이 지나가고 더 나은 내일이 찾아오리라는 것을 나는 누구보다도 잘 알고 있다.

위스콘신 주 서섹스에서 버지니아 쉐퍼

가족의 명예를 소중히 생각할 것

내가 내 말을 끌고 오는 걸 말릴 사람은 없다

아버지의 고향은 네바다 주에 있는 작은 농촌이었습니다. 그
곳은 비가 내리는 날이 극히 드물어서 농부들은 물을 끌어들여
농사를 지어야 했죠. 그래서 농부들 사이에서는 집집마다 차례
를 정하고 일정한 기간 동안 자기들 땅에 물을 대는 이른바 물
사용권이라는 것이 있었습니다.

마침내 우리집에 물을 사용할 수 있는 기간이 찾아왔고, 아버
지는 수문을 열기 위해 말을 타고 집을 나섰습니다. 그리고 수문
을 잠글 때까지는 아직 시간이 남아 있어서, 아버지는 그동안 집
에 가서 기다릴 생각이었답니다.

저수지 가까이에는 아버지 친구들이 모여 놀고 있었습니다.
그들은 아버지를 보자 소리쳤습니다.

"어이, 케네스. 이리 와, 잠깐 놀다 가라고!"

아, 어쩔까? 아버지는 일을 하던 도중에 저수지에 가서 놀아서
는 안된다는 것과 집에 돌아가서 해야 할 일이 남았다는 것을 알

고 있었습니다. 하지만 잠시 동안만 친구들과 어울려 기분을 푸는 것도 괜찮을 거라고 생각했습니다.

아버지가 저수지에서 친구들과 어울려 놀고 있을 때, 할아버지는 갑자기 읍내에 급한 볼일이 생겨 마차를 타고 집을 나섰습니다. 저수지를 지나가던 할아버지의 눈에 우리집 말이 매여 있는 것이 보였습니다. 바로 아침에 아들이 타고 나간 말이었습니다. 할아버지는 아들에게 한마디도 하지 않고 묶여 있는 말을 푼 다음 자신의 마차 뒤에 매어 집으로 갔습니다.

아버지는 저수지에서 나왔을 때에야 비로소 말이 없어진 것을 알게 되었죠.

"누가 내 말을 훔쳐 갔어?"

그는 같이 놀던 친구들에게 물었습니다.

"자네 아버지가 끌고 가셨네."

아버지는 무척 화가 났습니다. 수문을 닫으러 다시 가야 하는데 그곳까지 걸어서 갈 생각을 하니 속이 답답했겠죠 그리고 거기서부터 집까지도 내내 걸어서 가야 했으니까요.

드디어 집에 다다른 아버지는 다짜고짜 할아버지에게 불만을 터뜨렸습니다.

"아버지, 말을 끌고 가면 전 어떡합니까?"

"케네스."

할아버지가 말했습니다.

"내가 아무리 네 아버지라도 저수지에서 널 끄집어 내어 마차

에 매고 올 수는 없겠지. 하지만 내가 내 말을 끌고 오는 걸 말릴 사람은 아무도 없어."

아버지는 아무 말도 하지 못했습니다. 이 일로 아버지는 가족의 명예를 소중히 여겨야 한다는 중요한 교훈을 깨닫게 되었다고 합니다. 아버지는 집에서 제대로 교육받았고, 또한 저수지에서 시간을 허비해서는 안됨을 알고 있었으면서도, 해서는 안될 짓을 하여 가족 전체의 명예에 먹칠을 하였습니다.

가족의 명예는 아주 중요한 것이고, 우리는 언제나 가족의 명예를 소중히 지키고 보호하는 데 최선을 다해야 합니다.

캘리포니아 주 칼즈배드에서 앨리스 패커드

훔친 보석은 더이상 예뻐 보이지 않는다

임자 없는 돌멩이

초등학교 3학년인 딸 케이티는 무엇이든 좋아하는 것을 정해 다양하게 수집하라는 방학숙제를 받았습니다. 방학이 끝나자, 아이들은 그동안 모은 수집품을 가지고 학교에 갔습니다. 그때 같은 반 친구 나탄의 수석수집이 가장 인기를 끌었죠.

그전까지만 해도 돌멩이에 아무런 관심이 없었던 케이티는 나탄이 모은 돌들을 보는 순간 마음이 싹 바뀌었습니다. 천연 상태의 원석처럼 아름다운 색을 띠는 돌멩이부터 기기묘묘한 형상으로 생긴 재미난 돌들까지 아주 신기했던 겁니다. 케이티는 생전처음 돌도 예쁠 수 있다는 사실을 알게 되자 그만 하나만 가지고 싶다는 욕심이 생겼나 봅니다.

나탄의 수석들은 우수작품으로 뽑혀 학급 전체가 종일토록 구경할 수 있도록 탁자 위에 진열되었습니다. 그날 하루종일 케이티의 마음은 오직 하나의 목표, 바로 나탄의 수집품 중 하나를 가지겠다는 것에 집중되었습니다.

케이티는 돌멩이 하나하나를 유심히 관찰하는 척하면서 가장 예쁜 것을 마음에 찍어 두었습니다. 그리고 다른 친구들이 정신 없는 틈을 타서 조심스럽게 손으로 돌멩이를 가려서 쥔 다음 자기 자리로 가지고 돌아왔습니다.

'자, 이제부터 이건 내 거야.'

그애는 속으로 말했습니다.

집에 돌아와 드디어 혼자 있게 된 케이티는 이제는 자기 것이 된 돌멩이를 다시 찬찬히 살펴보았습니다. 그런데 이상한 일이었습니다. 조금 전까지만 해도 그렇게 예쁘게 보이던 그 돌멩이가 이제는 조금도 예쁘지 않은 것입니다.

그리고 갑자기 자신이 한 짓이 바로 도둑질이라는 생각도 들었죠. 학교에 있을 때만 해도 자신이 도둑질을 하고 있다는 생각은 전혀 들지 않았는데 말이죠. 그때는 그저 「나는 저 돌을 가지고 싶다, 그리고 돌멩이 하나쯤 없어진다 해도 나탄한테는 다른 돌멩이가 많잖아」 하고 자기 좋을 대로만 생각했던 겁니다.

하루가 지났습니다. 케이티는 이제 그 돌멩이 쪽으로는 고개를 돌리고 싶지도 않았습니다. 당장 돌멩이를 버리고 가슴을 눌러오는 죄의식을 떨쳐 버리고만 싶었습니다. 케이티는 아무도 모르게 돌멩이를 마당으로 가지고 나온 다음 「임자 없는 돌멩이」라는 글자를 써서 버렸습니다.

그리고 숨어서 하루종일 기다렸지만, 그 돌멩이를 집어 가려는 사람은 아무도 없었습니다. 결국 케이티는 문제의 돌멩이를

집어 든 다음 이번에는 있는 힘껏 멀리 던져 버렸습니다. 가슴을 눌러오는 죄책감을 없앨 수 있을 만큼 아주아주 멀리까지 날아가라고 빌면서 말입니다.

케이티는 끝내 나탄에게 자신이 그의 돌맹이를 훔쳤다는 고백을 하지 못했습니다. 하지만 그날 이후 케이티는 자신이 처음이자 마지막으로 남의 물건을 훔쳤던 일을 똑똑하게 기억하고 있습니다. 남의 물건에 손을 대면 결코 행복해질 수 없으며, 잘못된 일인 줄 알면서도 저지른 일은 더 큰 죄책감을 불러일으킨다는 사실을 깨달은 것입니다.

아무리 예쁜 보석도 남의 것을 가져온 것이라면 더이상 예쁘게 볼 수 없다는 것이죠. 케이티가 한 짓은 분명 잘못이었지만, 한편으로는 그애가 더 늦기 전에 잘못을 깨달은 사실만큼은 오히려 다행이라고 생각합니다.

우리는 유형의 것이든 무형의 것이든 다른 사람의 것을 탐하면 안됩니다. 마음의 평화를 원한다면 정직하도록 노력하십시오. 정직만이 인생을 행복하게 살도록 허락해 주며 항상 자신을 사랑할 수 있게 해주는 비결이니까요.

캘리포니아 주 샌디에이고에서 조안 콜더

무엇이든 열심히 배울 것

아무도 빼앗아 갈 수 없는 것

"나 학교 안 갈 거야. 숙제하는 게 너무 지겨워."

나는 툭하면 이렇게 불평했다. 학교성적을 중요하게 생각한 집안 분위기와는 반대로 아홉 살이었던 나에게 공부는 세상에서 가장 지겹고 하기 싫은 일이었다.

하루는 내가 또 공부하기 싫다고 어리광을 부리자 패니 할머니가 다른 식구 모르게 날 살짝 부르더니 진지한 얼굴로 꾸짖었다.

"그건 네가 아직 몰라서 하는 소리야. 공부는 아주 중요하단다. 사람들이 왜 학교에서 배울 수 있는 모든 일에 최선을 다하는지 알아? 그건 그때 배운 것이 앞으로 평생 동안 따라다니기 때문이야. 그렇게 배운 것은 어느 누구에게도 빼앗기지 않으며 앞으로 살아가는 데 크나큰 도움이 되기 때문이라고."

패니 립시츠 할머니는 유태계 러시아인으로, 추운 러시아에 사는 사람들에게 모자와 코트를 만들어 파는 모피업자의 외동딸

로 자랐다. 부자 아버지 덕분에 할머니의 소녀시절은 아무런 근심걱정이 없었다. 집에서 일하는 요리사가 종잇장처럼 얇게 만든 밀가루 반죽을 겹겹이 쌓아 페이스트리 만드는 것을 구경하는 일이 세상에서 제일 재미있다고 생각한 철부지였다.

그런데 세상이 변하기 시작했다. 사람들이 할머니와 같은 유태인을 신앙이 다르다는 이유로 미워했으며 때로는 욕도 퍼부으며 갖은 방법으로 학대하기 시작한 것이다. 사람들은 점차 폭도로 변해 갔다. 이들은 유태인 집과 가게를 목표물로 삼아 재산을 강탈하고 파괴를 일삼았다. 정부에서조차 이런 폭도들의 난폭한 짓을 내버려 두었다.

다행스럽게도 증조할아버지는 독일로 피신할 수 있었지만, 패니 할머니는 어린 두 아들인 맥스, 미첼과 함께 러시아에 남아 있을 수밖에 없었다. 결국 할머니는 아버지가 도망간 곳을 털어놓지 않았다는 죄목으로 아들들과 함께 감옥에 갇히게 되었다.

시간이 지나 석방된 그들은 집으로 돌아갔는데, 거기에는 폭도들의 약탈로 쑥대밭이 되어 버린 폐허만 남아 있었다. 하지만 가솔린 램프 속에 숨겨 두었던 집안 대대로 내려온 보석은 폭도들의 손을 타지 않았다. 폭도들은 낡은 램프 속에 설마 돈이나 보석이 들었을 줄 상상도 못하고 쳐다보지도 않았던 것이다.

패니 할머니는 아들 둘을 데리고 먼저 모스크바로 도망친 다음, 거기에서 마차를 타고 증조할아버지가 있는 독일의 라이프치히까지 달려갔다. 타고난 사업가인 증조할아버지는 가족을 만

나자 힘을 얻어 낯선 독일 땅에서 다시 사업을 재개했고, 빠른 시간 안에 많은 돈을 벌었다. 그들의 생활은 한동안 부러울 것이 없었다.

다시 처음부터 시작하다

그런데 이번에는 아돌프 히틀러가 권력을 잡게 되었다. 유태인이 독일 땅에서 지내기가 점점 힘들어졌다. 아니, 러시아에서 지낸 생활보다 더욱 불안하고 위험해졌다. 단지 유태인이라는 이유만으로 수십만 명의 유태인들이 감옥에 갇혔으며 대학살의 희생자로 쓰러져 갔다.

다행스럽게도 할머니는 미국이 난민들을 구출하기 위해 보내 준 배를 타고 미국으로 탈출할 수 있었다. 하지만 그 사이 많은 친구들과 친척들이 소식도 없이 사라졌으며, 그것으로 영원히 만나지 못하게 된 사람도 많았다.

미국으로 건너오기 전에 손에 물 한방울 묻히지 않고 살았던 패니 할머니는 이제 살기 위해서는 일을 해야만 한다는 현실을 깨달았다. 그녀는 일을 찾아 나섰다. 할머니는 머리에 우아한 모자를 쓰고 하얀 장갑까지 낀 차림새로 하녀 일자리를 찾아 이 문 저 문을 두들겼다. 그런데 이상하게도 매번 퇴짜를 맞았다.

"나에게 무슨 문제라도 있습니까? 왜 아무도 저를 고용하지 않는 거죠?"

드디어 그녀가 물었다.

"그건 당신이 나보다 훨씬 숙녀 같으니까 그렇죠 당신 같은 숙녀에게 시중을 받으면 누가 마음이 편하겠어요?"

취직이 어렵다고 판단한 할머니는 자신의 아파트에 하숙을 치기 시작했고, 다른 곳보다 정갈하고 맛있는 식사와 깨끗한 잠자리를 제공하는 하숙으로 알려지게 되었다. 이렇게 열심히 일을 해서 번 돈으로 할머니는 드디어 뉴저지 주에 있는 양계장을 인수했으며 그후에는 온전히 자신의 힘으로 양계장을 운영했다.

수없이 많은 것을 빼앗겼지만 그때마다 모든 것을 처음부터 다시 시작한 불굴의 정신을 가진 패니 립시츠, 나의 할머니. 그분이 나에게 주신 말을 나는 영원히 잊지 못할 것이다.

"무엇이든 열심히 배워라. 배운 것은 어느 누구도 빼앗아 가지 못하니 말이다."

캘리포니아 주 코로나도에서 마리온 시레

최선을 다할 때 최고의 제품이 탄생한다

명품 「세비어 형제 안장」

펜들턴 로데오 경기가 열리는 9월이 시작되면, 우리집은 전국 각지에서 몰려온 카우보이들의 숙소로 변했다. 우리집은 제2차 세계대전 당시 병사로 쓰였던 건물이기 때문에 방이라 할 수 있는 공간이 아주 많았던 것이다. 우리 가족의 살림집은 1층에 있었고, 카우보이들은 2층에 있는 방들을 차지했다.

이 2층에는 마구와 안장을 만드는 아버지의 작업실이자 가게도 있었다. 거리에서 고개만 조금 위로 돌리면 「세비어 형제 마구상」이라는 간판과 「호텔 드 카우펀치」라는 커다란 간판이 나란히 걸려 있는 것이 보였다.

로데오 경기가 있는 날 저녁이면 카우보이들은 누가 먼저랄 것도 없이 아버지의 가게에 모여들었다. 그들은 서로 상처 자국을 비교하며 자기가 더 많이 다쳤네 말았네 입씨름을 했으며, 자기가 겪은 이야기를 과장시켜 영웅담처럼 풀어놓았다. 한쪽 구석에서는 캔버스 천 속에 지푸라기를 채워 만든 가짜 수송아지

모형을 세워 놓고 로프 던지기를 연습하는 사람도 있었다.

이렇게 사나이 중 사나이인 카우보이들이 우리 마을에 몰려온 이유는 무엇이었을까? 바로 우리 아버지가 만든 안장 때문이었다고 해도 큰 무리는 없을 것이다. 「펜들턴 라운드업」에서 카우보이 대상자에게는 부상으로 「세비어 형제 안장」이 주어졌는데, 아버지와 삼촌이 만든 이 안장은 카우보이들에게 보물보다도 더 탐나는 자랑거리였기 때문이다.

나는 아버지와 삼촌이 일하는 가게 안에서 두 분이 일하는 모습을 하염없이 바라보는 것을 무척이나 좋아했다. 무두질한 쇠가죽 냄새와 진한 양피 냄새가 내게는 너무나 친숙했으며, 거기에 톱밥 냄새까지 섞이면 황홀할 지경이었다.

나는 갓난아기였을 때부터 아버지가 양가죽으로 만든 커다란 상자 속에서 놀다가 윙윙거리는 띠톱 소리와 톡톡 두들기는 나무망치 소리, 그리고 스스슥스스슥거리는 가죽을 문지르는 소리를 들으며 잠이 들곤 했다.

명품 「세비어 형제 안장」은 처음부터 끝까지 모든 작업이 손으로 이루어지는 제품이었다. 먼저 빌 삼촌이 안장틀을 짤 나무를 세심하게 골랐다. 그 다음에 고른 나무를 띠톱을 이용해 알맞은 크기로 잘라 내야 하는데, 이 일은 단순한 통나무에 불과한 것을 안장의 형태로 잡아 가는 시기이므로 매우 중요한 작업이었다. 삼촌이 이 작업을 할 때면 마룻바닥에서 무릎까지 톱밥이 쌓여 갔다.

　그 다음 빌 삼촌은 정육포장 회사를 찾아가, 완성된 나무모형을 덮을 만큼 크고 튼튼한 쇠가죽을 골라야 했다. 삼촌은 쇠가죽을 물에 담그고 털을 긁어 없앤 다음 아직 젖어 있는 쇠가죽을 나무모형틀에 넓게 펼쳐 모형틀과 붙도록 바느질을 했다. 이러면 가죽은 마르면서 아주 질겨지고 강해졌다.

모든 안장을 최상의 제품으로

　삼촌이 작업을 마치면 이제 본격적으로 아버지 차례가 되었다. 가게 한쪽에는 길고 넓적한 탁자가 하나 놓여 있었는데, 바로 가죽을 넓게 펼쳐 놓고 재단을 하는 자리였다. 이 탁자 위 벽에는 단단한 카드보드지로 만든 안장 패턴들이 줄줄이 걸려 있었다.

　아버지는 패턴에 맞게 가죽을 조각조각 잘라 낸 다음 여러가지 연장을 이용해 본격적으로 장식하기 시작했다. 아버지는 섬세한 디자인을 만들어 내는 것으로 유명했다. 각각의 디자인을 가장 잘 표현해 낼 수 있는 적당한 연장을 고른 아버지는 그 연장을 가죽에 대고 두들겨 가죽에 문양을 새겼다. 어떤 연장으로 얼마나 섬세하게 작업하느냐에 따라서 안장 하나가 완성되는 데 3개월이 걸리는 경우도 있었다.

　장식하는 작업이 끝나면 그 다음은 가죽 조각들을 안장틀에 고정시켜야 했다. 아버지는 입 안 가득 작은 못들을 물었다가 하나씩 빼내면서 재빠른 손으로 가죽에 대고 박아 나갔다. 가끔은

못질 대신 커다란 재봉틀로 박을 때도 있었는데, 가령 양피처럼 질기고 거친 가죽은 손으로 박기 힘들었기 때문이다.

아버지가 바느질을 끝내는 시점이 바로 안장 하나가 탄생되는 순간이었다. 그러면 나는 단순한 나무모형과 쇠가죽에 불과했던 것이 훌륭하고 아름다운 안장으로 변해 버린 모습에 그저 넋을 잃고 쳐다볼 뿐이었다.

아버지는 모든 안장을 최상의 제품으로 만든다는 불 같은 신념의 소유자였다. 그런 그의 기준은 누구보다 높았으며, 또 냉철했다. 세월이 지나며 아버지의 손을 거쳐 간 안장은 최고의 제품으로 인정받았고, 아버지는 이 분야에서 독보적인 장인 대우를 받게 되었다.

나는 아버지로부터 손으로 만든 공예품의 아름다움에 눈을 뜨는 심미안을 배웠다. 수작업으로 이루어지는 공예품이란 많은 시간과 정성, 그리고 철저한 기술이 요구되기 때문이다. 오늘날은 거의 모든 제품을 기계로 대량 생산한다. 하지만 아직도 손으로 직접 만들어야만 그 의미가 살아나는 것들도 있다.

아버지는 나에게 만드는 사람의 혼이 들어가 있는 제품이 어떻게 다른가 하는 안목을 키워 주었다. 그 가르침에서 나는 무슨 일을 하든지 최상의 노력을 기울여야만 빛을 보게 된다는 점을 다시 배우고 있다.

캘리포니아 주 버나도 목장에서 더프 세비어

살면서 꼭 지켜야 할 3가지, 선함·정직함·성실함

아버지 역할을 해준 할아버지

나의 할아버지가 무덤에서조차 나에게 행운을 가져다 준 사실에 대해 난 조금도 놀라지 않습니다. 할아버지는 죽어서도 묘기를 부리신 것입니다. 그렇다고 해서 할아버지가 나에게 황금이 가득 들어 있는 항아리를 주었다거나, 3가지 소원을 들어주었다거나, 아일랜드 신화에 등장하는 멋진 선물을 주었다는 뜻은 아닙니다.

그와 반대로 할아버지가 내게 해주신 일은 아주 단순한 일들입니다. 아무리 삼복더위라 해도 여덟 살 난 손자의 야구시합이 있는 날이면 뜨겁게 달아오른 알루미늄 의자에 앉아 어김없이 구경을 해주었다는 것입니다. 이런 할아버지의 응원은 축구, 농구, 야구를 가리지 않고 내가 고등학교를 졸업할 때까지 한번도 빠짐없이 이어졌습니다.

내가 음악발표회를 하거나 상을 받을 때도 어김없이 찾아와 자리를 빛내 주셨습니다. 나에게 난생 처음 클라리넷을 사주시

고, 그림이 그려진 연을 사주신 분도 할아버지였습니다.

할아버지의 아버지인 나의 증조할아버지는 웨스트버지니아 주 산악지방에서 오직 입에 풀칠을 하기 위해 시커먼 흑진을 폐 속에 채워 가며 석탄을 캐던 광부였다고 합니다. 1900년대 초반, 철부지 소년이었던 할아버지는 무작정 가출을 했는데, 그후 집과 연락이 완전히 끊겨 혼자 힘으로 세상을 배워야 했습니다. 할아버지는 목수일을 배우고 생활의 안정도 찾게 되었지만, 아버지의 보살핌과 사랑을 받지 못한 데서 오는 큰 외로움을 느꼈습니다.

나의 부모님이 이혼을 하자 할아버지는 나에게 아버지 역할을 해주셨습니다. 내가 잠을 못 이루면 내 침대 옆에 같이 누워 사람들의 구두끈을 묶거나 양말을 훔쳐서 골탕을 먹이는 「난쟁이」이야기를 들려주셨습니다.

"하지만 그 난쟁이들은 아무런 해도 끼치지 않는단다. 그러니까 겁낼 이유는 없어. 그냥 인생을 재미있게 보내기 위한 그들 나름대로의 방법이거든."

또, 할아버지는 내가 원하는 것이 있거나 필요한 것이 있으면 그때그때 마련해 주셨는데, 가난한 살림이었는데도 어떻게 그럴 수 있었는지 지금 생각해도 모를 일입니다.

"우리가 가난한 것은 사실이야. 그렇다고 해서 사랑하는 마음이 없거나 영혼이 가난해서는 절대 안된단다."

영혼만큼은 부자로 살아야 한다던 할아버지의 음성이 지금도

귓가에 쟁쟁합니다. 그리고 단언하건대, 우리는 「물질적인 재산에서만 가난한」 사람일 뿐이었습니다.

할아버지는 어떻게 내 마음을 잘 알까?

어느 해 여름, 학교 밴드부에서 클라리넷을 부는 아이가 너무 멋지게 보였습니다. 나는 지나가는 말로 흘렸던 것 같은데, 그 주일이 다 가기 전 할아버지는 연주용 클라리넷을 사주셨습니다. 기적 같기만 하고 마술을 부린 것만 같았던 바로 그날의 감동이라니! 그때 할아버지가 나에게 요구한 것은 딱 한가지였습니다. 어느 하루 날을 잡아서 할아버지와 함께 베니 굿맨의 음악을 들어 달라는 것이 전부였습니다.

아이들이란 친구가 멋진 장난감을 가진 걸 보면 자기도 똑같은 것을 가지고 싶어하게 마련입니다. 나도 야구를 하는 친구들이 부러웠지만 속으로만 끙끙 앓으며 말을 하지 못했는데, 이번에도 할아버지는 어떻게 내 마음을 알았는지 야구 글러브, 야구 방망이, 야구화를 마련해 주셨습니다.

할아버지는 어떻게 내 마음을 잘 알까. 나는 정말 궁금해서 물었습니다. 할아버지는 「아일랜드식 행운」이라고 말씀하셨고, 그것만으로 나에게는 충분한 대답이 되었습니다.

할아버지의 장례식 때 조문객을 맞이하며 나는 속으로 놀랐습니다. 할아버지의 인생에 존경을 표하기 위해 찾아온 사람들이 상상한 것보다 훨씬 많았고, 그중에는 생전 처음 보는 사람들도

있었기 때문입니다. 그런데 지금 생각해 보면, 그들 대부분은 바로 할아버지가 내게 줄 선물이나 필요로 하는 물건을 구할 때 물물교환이나 거래에 응해 준 사람들이었습니다.

그들이 그렇게 응해 준 단 한가지 이유는 할아버지가 정직한 사람이며, 손자에 대한 그분의 사랑이 거짓없는 진실이었기 때문입니다. 사랑과 신용, 이것이야말로 작은 마을에서 여러 형태로 생계를 꾸리고 살아가는 사람들이 아무런 손익계산 없이 경제적인 교류를 하도록 만든 원동력이었던 것입니다.

어느날, 나는 위스키타운 근처에 있는 할아버지의 무덤을 찾아갔습니다. 커다란 소나무가 바람에 이리저리 흔들리고 있었고, 가까이 있는 계곡에서는 웃음소리가 퍼져 올라왔습니다. 나는 하늘을 향해 고개를 들고, 지금도 할아버지가 나와 함께 있는지 하느님께 물어 보았습니다.

"하느님, 가르쳐 주십시오. 할아버지는 나의 행운이었고, 내가 웃을 수 있는 힘이었기 때문에 저는 꼭 알아야겠습니다. 그분이 지금도 절 기억하고 있나요?"

할아버지의 영상이 나타나거나 하늘에서 생전의 음성이 내려오거나 하는 따위의 기적을 기대하지는 않았지만, 그래도 만약 할아버지가 아직도 날 위해 무언가 손을 쓰고 있다면 작은 징표라도 보여 달라고 기도했습니다. 하지만 아무 소리도 들리지 않았습니다. 정적이 계속되었고, 나는 결국 오늘은 할아버지의 징표가 나타나지 않으리라는 사실을 받아들였습니다.

할아버지가 내게 그랬던 것처럼

자동차가 있는 곳으로 몸을 돌렸을 때, 시냇가의 돌 하나가 내 눈길을 끌었습니다. 가까이 가서 보니, 하트 모양의 하얀 수정 반지가 새겨진 작고 부드러운 화강암이었습니다. 나는 어머니와 형에게 달려가 내가 본 돌에 대해 말해 주었습니다. 우리는 그곳으로 갔는데, 정말 믿을 수 없는 일이 일어났습니다. 소나무와 우리 세 사람 주위로 바람이 소용돌이친 것입니다. 그 돌과 바람은 나에게 「아일랜드식 행운」이 아직도 여기, 내 곁에 머무르고 있다는 사실을 알려 주는 데 충분했습니다.

나는 시냇가에 있던 그 돌을 주워 왔습니다. 그 돌은 세상이 아무리 험하고 인생이 고달파도 선함과 사랑은 우리 곁을 떠나지 않는다는 증거로 내 사무실 한편에 놓여 있습니다.

할아버지가 돌아가신 후에야 나는 그분이 나에게 얼마나 커다란 존재였는지 깨달았습니다. 그분이 돌아가신 지 10년도 훨씬 지났고, 나 역시 이제는 세월의 흐름만큼 나이를 먹었습니다.

하지만 아무리 세월이 흘러도 변하지 않는 진실은 선함과 정직함, 성실함입니다. 이 3가지야말로 세상을 살아가는 우리가 꼭 지켜야 할 가치입니다. 내가 아이들에게 가르쳐 줄 수 있는 게 있다면 바로 이것입니다.

내 할아버지가 나에게 그랬던 것처럼, 나 또한 아이들의 시합이 있는 날이면 뜨거운 알루미늄 의자에 앉아 학교 운동장 끝까지 들릴 정도로 열심히 응원할 것이고, 아무리 바깥일로 지친 날

이라도 아이들과 피아노 옆에 나란히 서서 같이 연주할 것입니다.

이 모든 것이 진짜 사나이의 모습을 보여 주었던 할아버지에게 배운 사랑의 실천이기 때문입니다.

캘리포니아 주 레딩에서 존 머리

어떤 시련 앞에서도 용기를 낼 것

여기서 물러설 수는 없다

이제부터 나는 참다운 용기를 보여 준 멋진 남자의 이야기를 하려 합니다. 그는 바로 내 남편의 할아버지인 미겔 두아르테입니다.

1918년, 미겔 두아르테는 전쟁이 빚어낸 살상과 추한 꼴을 너무 많이 보아야 했습니다. 멕시코 혁명이 일어났을 때 그는 조국에 민주주의를 꽃피우겠다는 소박하고 진실된 소망으로 판초 빌라의 혁명군에 가담했습니다. 하지만 그의 바람과는 달리 조국은 또 다른 독재자의 손에 떨어지고 말았습니다.

원래 미겔은 오직 땅만 믿고 열심히 일하던 부지런하고 순박한 농부였습니다. 그의 소망은 사랑하는 아내와 다섯 아이들에게 행복하고 평화로운 삶을 안겨 주는 것이 전부였습니다.

하지만 조국은 여전히 가난에서 벗어나지 못했으며 문제가 하나도 해결되지 않았습니다. 미겔은 자신이 뛰어든 혁명의 대의명분이 무엇인지 의문이 들었으며 점점 깊은 회의에 빠져들어

갔습니다. 정의를 실현하기 위해 뛰어들었던 혁명은 날이 갈수록 사람만 죽이는 추한 싸움으로 변해 갔기 때문입니다.

그는 더이상 이런 식의 싸움에 끼여들기 싫었습니다. 미겔은 같이 혁명군에 가담한 동료에게 자신의 심정을 털어놓았습니다. 두 사람은 한밤을 틈타서 탈출하기로 뜻을 모았습니다. 물론 그들은 판초 빌라를 배반할 경우 바로 죽음이라는 끔찍한 대가가 기다리고 있다는 것을 잘 알고 있었습니다. 하지만 미겔은 고향인 멕시코 치와와로 돌아가 가족을 데리고 국경을 넘어 미국으로 탈출하기로 결심을 굳혔습니다.

드디어 운명의 밤이 다가왔고, 두 사람은 각자 말에 오른 다음 죽을 힘을 다해 캠프에서 달아났습니다. 하지만 얼마 지나지 않아 그들의 탈주를 알게 된 판초 빌라는 탈영병을 잡으라고 군인들을 풀었습니다. 미겔과 동료는 이제 뒤에서 추격해 오는 혁명군에게 잡히지 않으려면 죽을 힘을 다해 말고삐를 잡고 말을 모는 수밖에 없었습니다.

땅은 척박하고 거칠었습니다. 말과 사람 모두 기진맥진해졌습니다. 동료가 미겔에게 이제 그만 포기하자고 말했습니다. 하지만 미겔은 여기서 물러설 수 없었습니다. 미겔의 동료는 혁명군에게 잡혀서 배신자의 종말을 보여 주는 본보기로 모두가 지켜보는 앞에서 처참하게 총살당했다고 합니다.

말이 심하게 지치자, 미겔은 말에서 내린 다음 경사진 협곡의 커다란 바위 위에 엎드렸습니다. 사방은 어두컴컴해지고 있었습

니다. 미겔의 심장은 빠르게 뛰었습니다. 바로 앞에서 혁명군이
수색을 하고 있었습니다. 그들이 탄 말의 상처 위에 파리가 붙어
있는 것이 보일 정도로 미겔과 혁명군의 거리는 가까워졌습니다.

위험을 예고해 준 천사

그러나 미겔은 그날 밤 잡히지 않고 그들을 따돌릴 수 있었습
니다. 그는 이제 말을 버리고 고향 치와와까지 걸어가는 길을 택
했습니다. 그런데 혁명군이 미겔의 고향에 먼저 도착해서 그를
기다리고 있는지도 알 수 없는 노릇이었습니다.

미겔이 마을 외곽에 도착했을 때, 낯선 사람이 다가왔습니다.

"아직은 집에 들어가지 마시오."

그가 미겔에게 일러주었습니다.

생전 처음 보는 사람이었지만, 미겔은 그의 말을 따랐습니다.
미겔은 마을과 떨어진 곳에서 하루를 더 보낸 다음, 이튿날 마을
로 들어갔습니다. 그리고 무사히 가족을 만났고, 가족과 함께 국
경을 넘어 미국으로 탈출했습니다.

미겔은 죽기 직전까지도 위험을 알려 준 사람이 천사였다고
굳게 믿었습니다. 우리 또한 그의 말이 사실이라고 믿고 싶습니
다.

오늘날 우리는 피비린내 나는 혁명의 소용돌이에 빠지거나 전
쟁, 혹은 죽음의 협박을 당하는 일이 별로 없기 때문에 용기를
실험할 기회가 없다고 생각할지도 모릅니다. 하지만 인생은 그

자체가 용기를 필요로 하는 시련의 연속이기도 합니다. 시련을 겪을 때마다 나는 가족에 대한 미겔의 사랑과 용기 그리고 순수한 영혼과 정신을 되새기며 다시 용기를 낸답니다.

캘리포니아 주 포웨이에서 도나 곤살레스

이웃을 돕는 기쁨을 누릴 것

이웃과 함께하는 겨울 준비

여러분이 어렸을 때 들었던 옛날 이야기는 「옛날 아주 옛날에……」로 시작되지만, 지금부터 내가 들려줄 이야기는 그저 「오래 전에」로 시작된다.

오래 전에 나무를 때서 음식을 만들고 난방을 하던 그런 시절이 있었다. 가을이 다가오고 나무 잎사귀들이 황금색으로, 그 다음에는 누런 빛을 띠다가 갈색으로 변하기 시작하면 부모님에게는 겨울을 날 땔감을 마련하는 일이 큰일이었다. 겨울을 나려면 엄청난 양의 땔감이 필요했기 때문에 가을로 접어들면서부터 좋은 나무 감을 미리 패어 놓지 않으면 안되었다. 지금부터 할 이야기는 겨울을 날 나무를 패는 일에 관한 것이다.

겨울을 날 땔감을 만드는 일은 한 가족이 하기에는 버거운 일이었기 때문에 내가 살던 마을에서는 이웃끼리 차례를 정해 돌아가며 서로 도와 주는 전통이 있었다. 아버지는 우선 근처 숲으로 들어간 다음 추운 겨울 몇 달을 나기에 충분할 만큼의 많은

소나무를 베어 쓰러뜨려야 했다. 족히 7~8m가 넘는 커다란 나무들을 아버지는 먼저 날이 날카롭게 선 도끼로 잔가지를 깨끗하게 잘라 내었다. 그런 다음 이웃들이 모두 참여하는 파티가 시작되었다.

파티는 좋은 날을 정해 이웃에 사는 모든 사람들을 초대하여 같이 저녁을 먹는 것으로 시작되었다. 초대를 받은 사람들은 기꺼이 초대에 응했고, 저마다 자기 집에서 가장 날이 좋은 톱과 랜턴을 들고 우리집으로 모여들었다.

사람들은 랜턴을 가까운 나무에 걸어 두었는데, 이래야 일터 전체가 골고루 밝아지기 때문이었다. 남자들이 나무를 쓰러뜨리고 다시 50cm 길이로 잘라서 쌓는 동안 여자들과 아이들은 송진으로 껌이나 사탕을 만들기도 하고 두런두런 이야기도 나누며 시간을 보냈다. 아름다운 가을 저녁 하늘 위로 해맑은 웃음소리와 열심히 나무 패는 소리가 울려 퍼졌다.

일을 하던 어른들은 때때로 손을 멈추고 가까운 나무둥치 위에 놓아 둔 물병이나 호리병을 손에 쥐었다. 이때 마시는 물맛은 꿀맛이 따로 없었다. 모두가 열심히 일을 하면 하룻밤에 한 집이 겨울 내내 쓰기 충분한 땔감이 만들어졌다. 자른 나무토막들은 한 곳에 쌓아 두었다가 요리용 오븐이나 양철 히터 속에 넣기 편하도록 다시 쪼개어 장작으로 만들었다.

일이 끝나면 남자들은 집 안으로 들어와 다음 차례를 정했는데, 모두들 이웃을 도와 줄 수 있는 그날을 기대에 차서 기다렸다.

   90세인 내가 아주 어렸던 시절이니 정말로 옛날이 되어 버린 오래 전 이야기다. 요즘은 서모스탯(자동온도조절 장치)을 작동시키기만 하면 바로 후끈한 열기가 나오는 편리한 시대이다. 덕분에 우리는 더이상 통나무를 자르고 쪼개지 않아도 되지만, 어떤 면에서는 이런 생활이 꼭 좋은 것만은 아니다.

   나는 9월이 오고 나뭇잎이 밝은 색으로 물들기 시작하면 나무를 베러 숲으로 들어갔던 그 시절이 마냥 그리워진다. 이웃을 도우려는 마음과 서로의 마음을 데워 주던 훈훈한 정이 눈물겹도록 그립기 때문이다.

버지니아 주 버지니아 비치에서 비올라 이턴

기도의 힘을 믿을 것

온 힘을 다해라, 그래도 안되면……

어느 해 여름, 보이 스카우트였던 내 아들 데이비드가 아이다
호 주 스네이크 강으로 카누 여행을 갔다. 그때 아들은 평생 잊
지 못할 강력한 기도의 힘을 체험했다.

카누 여행 두번째 날, 보이 스카우트들은 아주 빠른 급류에 오
도 가도 못하게 잡혀 버렸다. 당장이라도 카누를 전복시킬 정도
로 매우 거센 물살이었다. 지도교사와 탐사 안내원들은 카누가
뒤집히지 않도록 균형을 잡으라고 아이들에게 소리를 질렀다.

그때 데이비드의 눈에 어린 사내아이가 강 아래로 둥둥 떠내
려가는 것이 보였다. 아이는 몸을 돌려 바위를 잡으려고 했지만,
거센 물살은 아이를 사정없이 폭포 쪽으로 밀어내고 있었다. 아
이는 꼴깍꼴깍 물을 삼키면서도 가라앉지 않으려고 발버둥을 쳐
댔다.

데이비드의 머릿속에는 아이를 구해야겠다는 생각밖에 없었
다. 데이비드는 앞뒤 생각할 겨를도 없이 곧바로 물에 뛰어들어

폭포 쪽으로 헤엄을 쳤다. 다행스럽게도 데이비드가 아이에게 다가가기 전에, 분투를 하고 있던 아이의 구명조끼가 물위로 떠올랐고, 아이는 무사히 강둑으로 헤엄쳐 갔다.

바로 그 순간이었다. 아주 강력한 물살이 한꺼번에 데이비드를 덮쳐와 데이비드는 급류에 휩쓸려 폭포 밑으로 떨어지고 말았다. 데이비드는 드문드문 박혀 있는 날카로운 바위에 이리저리 부딪히면서도 몸을 물 밖으로 내밀려 안간힘을 썼다. 하지만 폭포에서 떨어지는 물줄기는 사정없이 데이비드의 몸을 계속 물 밑으로 곤두박질치게 했다.

데이비드는 점점 숨이 가빠졌고 절망적인 상황으로 내몰리고 있었다. 겨우 힘을 모아 물위로 고개를 내밀었지만 이제는 더이상 숨을 쉴 수조차 없었다. 모든 것이 캄캄해지기 시작했다. 이제 죽는구나 생각하니 정말로 겁이 나고 무서웠다. 그때 데이비드의 귀에 어디선가 내 목소리가 들렸다.

"너의 온 힘을 다해 할 수 있는 모든 일을 해라. 그러고도 모자랄 때 하느님을 찾아라. 하느님이 도와 주실 것이다."

데이비드는 남아 있는 힘을 다해 열심히 기도했고, 막 의식의 끄트머리가 빠져 나가는 것을 느끼는 순간 어디선가 가는 줄이 미끄러지듯 손안에 들어왔다. 그가 그 줄을 단단하게 잡자마자 몸이 너무나 쉽게 물위로 떠올랐다. 그 줄은 폭포수가 떨어지는 바로 아래에서 요동치고 있던 카누에서 빠져 나온 밧줄이었다.

데이비드는 흔들리는 카누 안으로 기어 올라간 다음 주위를

둘러보았다. 다른 사람들 모두 자신의 카누에 정신이 빼앗겨 데이비드에게 신경 쓸 여유가 전혀 없었다는 것을 알았다. 절망의 순간에 하느님만이 그의 유일한 친구였다.

기도에는 여러분이 머리로 생각하지 못하는 위대한 힘이 있으며, 기적은 우리가 기도에 의지할 때 일어난다. 우리가 모든 것을 잃고 아무도 도와 주지 않는 망망대해에 홀로 남아 있다고 생각할 때조차 하느님은 그 자리에 있다. 그때 당신이 해야 할 일은 지극히 쉽고 단순하다. 하느님께 도와 달라고 요구하기만 하면, 하느님은 도와 주실 것이다.

캘리포니아 주 시에라마드레에서 샐리 닐슨

자신이 받은 사랑을 아이들에게 돌려줄 것

아이들로 가득 찬 집

손자들은 우리집에 놀러오는 것을 무척 좋아한답니다. 우리
집에는 정원도 있고 타이어로 만든 그네도 있거든요. 또 나무로
만든 요새도 있고 두발 자전거와 세발 자전거도 많고 스페인식
안뜰에는 커다란 바퀴도 있죠. 하지만 내 손자들이 진짜 좋아하
는 것은 바로 우리집에 오면 언제나 새로운 얼굴이 있기 때문입
니다. 할머니 집에 지금은 누가 살고 있을까? 이것이 궁금한 것
이죠.

남편과 내가 부모의 보살핌을 받을 수 없는 아이들을 돌보기
시작한 것은 20여 년 전 일입니다. 우리가 돌본 아이들 중에는
단지 며칠 밤만 우리와 같이 지낸 아이들이 있는가 하면, 몇 년
동안 같이 지낸 아이들도 있었습니다. 그래서 손자들은 언제 찾
아와도 함께 공놀이를 하거나 자전거를 타고 재미있게 놀 수 있
는 친구들이 있는 우리집을 무척 좋아했습니다.

내가 갈 곳이 없는 아이들을 돌보겠다고 마음을 먹은 것은 다

른 사람들이 내게 주었던 사랑을 일부라도 되돌려주고 싶은 마음이 간절했기 때문입니다.

난 일곱 살 때 델몬트 회사 간부였던 아버지를 따라 필리핀에서 살았습니다. 제2차 세계대전이 발발하고 미국과 일본이 전쟁에 돌입하자, 미국인인 어머니와 아버지 그리고 나는 일본군을 피해 산속과 정글로 몸을 숨겨야 했습니다. 적군에게 잡히지 않으려고 점점 더 깊은 정글 속으로 숨어들었지만 결국 잡히고 말았습니다.

그후 우리 가족은 3년 동안 이 포로 수용소에서 저 포로 수용소로 끌려 다녔습니다. 그곳에서 나는 같이 갇혀 있던 수용자들이 총살을 당하거나 굶어 죽는 모습을 많이 보았습니다.

전쟁 포로 캠프는 굶주림과 공포 분위기로 가득 차 있었지만 좋은 사람들도 많았습니다. 어른들은 어린 나를 아껴 주었고 몇몇 카톨릭 사제들은 학교교육을 중단한 나에게 공부를 가르쳐 주었습니다. 또 내가 병이 났을 때는 나를 업고 수마일이나 떨어져 있는 병원까지 달려가서 수술을 받게 해 생명을 구해 준 사람도 있었습니다. 부모님과 친하게 지내던 사람들 중에는 자식이 없는 부부가 있었는데, 그분들은 나를 친자식처럼 돌보아 주었습니다.

참혹하고 어려웠던 그 시절, 삶과 죽음이 교차하는 최악의 상황에서도 나를 도와 준 사람들이 많았던 것은 참으로 살아 있는 기적이었습니다.

　나는 어른이 되었고 좋은 남자를 만나 결혼했습니다. 남편은 어려움에 처한 아이들을 도우며 일생을 보내고 싶은 내 마음을 진심으로 이해해 주었습니다. 우리 부부는 기꺼이 양부모가 되었고, 250명이 넘는 아이들을 돌보았습니다. 우리 품에 있던 아이들은 친부모 곁으로 돌아가기도 했고, 혹은 다른 집으로 입양되기도 했습니다.

　아이들을 떠나 보낼 때 드는 마음을 어떻게 설명하면 좋을까요? 슬픔과 기쁨이 교차한다고 하면 이해가 되겠는지요? 친자식처럼 사랑하고 정이 들었던 아이들이 집을 떠나는 것은 슬펐지만, 우리가 그 아이들을 도울 수 있었다는 것, 그래서 우리가 자라며 받았던 사랑을 아이들에게 돌려주었다는 기쁨도 함께 맛보는 것이죠.

　우리는 자신이 받은 사랑을 잊지 말아야 하며, 그 소중한 사랑의 기억을 아이들에게 돌려주어야 합니다.

캘리포니아 주 댄빌에서 테리 웨드워스 원

작은 사랑의 표현이 큰 감동으로 다가온다

라일락꽃으로 수놓은 이름

우리집 앞뜰에 있는 라일락이 봉오리를 벌리면 내 가슴은 다섯 살 때 맞은 봄의 기억으로 채워진다. 열두 남매 중 열한번째인 나는 그때 급성 폐렴에 걸려 아주 오랫동안 병상에 누워 지내고 있었다.

나는 응접실 앞쪽에 놓인 접이식 침대에 누워 있었다. 어머니는 내가 숨쉬기 편하도록 담요 밑에 뜨거운 물을 가득 채운 항아리 2개를 놓아서 그 김을 쏘이게 해주었다.

하루는 어머니가 라일락꽃을 가득 담은 구두상자를 안고 들어왔다. 봄이 한참 무르익을 때여서 라일락 꽃봉오리는 어느 때보다도 아름다웠다. 어머니는 구두상자 뚜껑에 내 이름 「레오나」를 크게 쓴 다음 그 글씨를 따라 손톱으로 구멍을 뚫어 주었다. 나는 그 구멍 하나하나에 보라색 꽃이 달린 잔가지를 꽂았다. 내 이름을 따라 보랏빛 꽃이 수놓아진 모습은 너무도 예뻤다.

어머니는 매일 새로 핀 라일락꽃을 날라다 주었다. 텔레비전

도 없던 그 시절, 어머니는 병든 어린 딸이 누워서도 할 수 있는 놀이를 만들어 준 것이다. 그것도 너무나 아름다운 놀이를.

세월이 흘러 나는 어머니가 되었고, 내 어머니가 나에게 해준 것처럼 내 아이들에게도 해주고 싶었다. 꼭 라일락꽃이 필 때가 아니어도 상관없었다. 어떤 꽃이든 꽃으로 수놓아진 이름을 보는 즐거움을 아이들에게 알려 주고 싶었다. 아마도 이런 추억은 아이들도 물려받아 우리 가족의 아름다운 전통으로 이어지리라.

아무리 작은 일이라도 서로가 서로를 돌보고 마음 쓰고 있다는 표현을 보여 주어라. 가슴속에 오랫동안 선명하게 남는 것은 아주 작고 소박한 추억일 경우가 얼마나 많은가.

캘리포니아 주 파소 로블레스에서 레오나 파슨스

Part 3

더 인간답게 살기

나보다 어려운 사람을 도와 줄 것
매 순간을 추억으로 만들 것
소신을 가지고 살 것
성공하고 싶으면 두려움을 없앨 것
아름다운 예의범절을 익힐 것
말과 행동을 하기 전에 먼저 생각할 것
살아 있음의 축복을 받아들일 것
잘못한 일에 대해 정직할 것

나보다 어려운 사람을 도와 줄 것

더 도움이 필요한 사람을 찾아서

눈을 감고 상상해 보라. 새벽 4시 31분, 가령 암트랙 같은 어마어마하게 큰 기차가 당신 집을 향해 돌진한 다음 닥치는 대로 살림살이를 부수며 지나가고 있다면?

1994년 1월 17일, 내가 들었던 소리는 기차 소리가 아니었다. 우리를 잠에서 깨운 것은 리히터 지진계로 6.7에 달하는 세상을 뒤흔드는 강진 소리였다.

지진을 당했다는 사실만으로도 정신이 없을 판에 사방을 전혀 볼 수 없는 암흑세계는 우리를 완전히 공포의 도가니로 몰고 갔다. 우리는 처음에는 침착하게 대처하려고 했다. 하지만 플래시가 마땅히 있어야 할 장소에 보이지 않는 것이었다. 남편 로베르토는 자연재해를 대비해 쉽게 찾을 수 있는 곳에 플래시를 항상 준비해 두었는데 말이다. 우리는 한참이 지난 후에야 마룻바닥을 뒤덮은 잔해 속에서 플래시를 찾아내었다.

잠시 후 로베르토는 긴급상황을 대비하며 준비해 두었던 크랭

크 라디오를 켰는데, 라디오도 별다른 도움이 되지 못했다. 그
사이 지진은 더욱 심해졌다. 땅이 뒤집힐 듯 계속 요동을 치자
우리 가족은 뉴스에 귀기울이는 것을 그만두고 안전한 곳으로
피신하는 일에 신경을 쏟았다.

두려움에 점령당했던 암흑의 시간이 끝나고 새날이 밝았다.
부엌의 마룻바닥은 무너진 벽과 유리 조각으로 엉망이 되어 있
었다. 집 안의 장이란 장 문은 모조리 열려져 있었고, 접시들은
산산조각이 난 채 바닥에서 나뒹굴고 있었다. 수도꼭지는 터져
서 갈색 흙탕물을 쏟아 내고 있었다. 전기는 완전히 나갔다.

비록 해가 비치는 시간이었지만 전기가 들어오지 않으면 낮이
나 밤이나 어둡기는 마찬가지였다. 또 신문보급소 건물도 지진
피해를 입었기 때문에 이틀 동안 신문을 받을 수 없다는 것도 너
무 답답했다.

우리는 밖으로 나가 우리보다 더 도움이 필요한 사람을 도와
주기로 했다. 이번 지진으로 가장 피해를 많이 본 사람은 대부분
스페인어권 사람들이었는데, 이들은 스페인에서 지진이 일어나
면 공터로 나가야 한다고 배웠기 때문에 모두 공원 등에 마련된
캠프에서 지내고 있었다. 우리 가족은 스페인계 이주민이어서
그들의 말을 알 수 있었다.

나는 구세군 대장의 부탁을 받고 이재민 보호소로 달려갔다.
그곳에는 믿을 수 없는 광경이 펼쳐져 있었다. 한겨울인데도 수
천 명의 사람들이 굶주린 채 추운 바깥에서 지내고 있었다. 어린

아이들 대부분은 독감에 걸려 있었다.

이재민 보호소에서 일을 시작한 지 얼마 되지 않아 많은 문제점이 드러나기 시작했다. 시간과 일손이 말할 수 없이 부족했다. 사방에 도움을 필요로 하는 사람이 부지기수였다. 충격의 후유증은 누구에게나 마찬가지였고 우리 가족도 예외는 아니었지만 계속 일을 할 수밖에 없었다.

여기서 나는 놀라운 체험을 하게 되었다. 어려움에 처한 다른 사람을 보살핌으로써 자기 자신의 어려운 상황에 대한 두려움과 걱정을 없앨 수 있다는 것이다. 이것은 커다란 축복이었다.

천사들의 도시

신문이 다시 보급되기 시작했고, 나는 감동적인 글 한 편을 읽었다. 바로 지진 피해를 크게 입은 지역 가운데 하나인 브로드웨이가에 있는 상점 주인들이 쓴 글이었다.

이제 왜 로스앤젤레스가 천사들의 도시인지 알겠다.

지난 월요일 이른 시각, 하늘과 땅이 요동을 치면서 로스앤젤레스를 공포와 암흑의 세계로 밀어 넣었다.

그때 천사들이 나타났다.

누구든지 천사들을 알아볼 수 있었다. 소방대원, 경찰, 준의료종사자, 의료진들, 그리고 매일 천사가 해야 할 일을 하고 있는 그 외 모든 사람들이 전부 천사였다.

하지만 유니폼을 입지 않고 일을 한 천사들도 수없이 많았다.

그들은 재난에 빠진 사람을 구하고, 애완동물과 소중한 재산을 구하기 위해 다른 지역에서 달려온 생전 처음 보는 이방인 천사들이었다. 그들은 한번도 만나지 못했던 사람들을 위해 자신이 할 수 있는 모든 일을 기꺼이 했다. 라디오 방송국과 텔레비전 방송국에 이재민을 도울 방법을 묻는 문의전화가 쇄도했다. 다친 부상자를 안고 있는 천사들의 눈에는 눈물이 흘러내리고 있었다.

갑자기 온 세상이 이런 천사들의 모습으로 가득 찼다. 그리고 우리가 지켜 본 그대로 슬픔과 비탄에 찼던 한 도시는 다시 서로의 손을 이끌어 주며 일어서기 시작했다.

재난을 이기는 데는 시간이 걸리고, 또 고통이 따르겠지만, 지금 이미 부활하고 있는 로스앤젤레스는 과거의 그 어느 때보다 더욱 강하고 단결하는 도시가 될 것이다.

이러한 일을 해준 모든 천사들에게 감사의 말을 전한다.

캘리포니아 주 웨스트힐에서 힐다 갠돌라

자신을 온전히 바쳐서 봉사할 것

제4대 포터 박사의 삶

우리집은 대대로 의사를 배출한 집안이며 내 아들도 가업을 물려받아 6대째 의사로 봉사하고 있다. 처음으로 의사의 길을 연 분은 포터 박사로, 그분은 형제들이 다녔던 켄터키 주 트란실바니아 의과대학을 1840년에 졸업했다. 그분의 아들들 역시 의사가 되어 남북전쟁이 일어났을 때 의료봉사를 했다.

제4대 포터 박사는 바로 나의 아버지 존 리처드 포터이다. 그는 1918년 인디애나 의과대학을 졸업하기 직전까지 인디애나 대학 농구선수로도 활동해서 후에 뉴캐슬에 있는 인디애나 농구 명예의 전당에 오른 분이기도 하다.

본격적으로 의사의 길에 접어들었을 때 아버지의 가슴속에는 불쌍하고 아픈 사람을 돕겠다는 원대한 포부가 불같이 뜨겁게 달아오르고 있었다. 병원이라고는 낡고 오래 된 가정집이었으며 아버지에게는 일을 도울 간호사는커녕 장부정리를 해줄 경리도 없었다. 환자들은 자기 차례가 될 때까지 무작정 기다리다가 차

례가 되면 진료실로 들어가 아버지 책상을 마주 보고 앉았다. 아버지는 환자를 진찰하고 진단을 내리면 뒷방으로 들어가 약을 가지고 나왔다.

마을 사람들 대부분이 가난했지만 그중에는 부유한 사람들도 있었을 것이다. 하지만 아버지는 누구에게나 똑같이 진료비를 받았다. 부자나 가난한 사람이나 진찰비로 25센트, 약값으로 25센트를 내기만 하면 되었다.

또 진료 외에 다른 치료가 필요한 가난한 사람이 있으면, 예를 들어 수술을 받거나, 편도선을 제거하거나, 아기를 받아야 한다거나, 부러진 팔을 붙여야 할 때 아버지는 별도의 치료비를 물리지 않았다. 대신 환자들에게 우리집 설거지나 다림질을 부탁하거나 마당 잔디를 깎게 하거나 때로는 쓰레기통을 치우는 일로 그 돈을 대신했다.

대대로 명문 의사집안이었기 때문에 마음만 먹었다면 아버지는 아주 큰돈을 벌 수도 있었을 것이다. 하지만 우리집은 부자와는 전혀 거리가 멀었다. 아버지는 돈을 많이 버는 것보다 불쌍한 사람을 돕는 것이 훨씬 더 중요하고 뜻있는 일이라고 믿고, 또 그렇게 생활하였다.

아버지의 소원은 일할 때는 열심히 일하고 50대에 은퇴해서 조용히 사는 것이었는데, 정작 바라던 은퇴를 한 후에 아버지 당신이 백혈병에 걸리고 말았다. 그때조차도 아버지는 다른 사람을 위해 자신이 가진 것을 내주는 데 주저하지 않았다. 그는 새

로운 치료약을 개발하는 데 도움이 될 수 있도록 자신의 몸을 기꺼이 실험용으로 제공했다. 우리 남매가 아버지를 면회 갔을 때 이러한 약물실험의 후유증 때문에 피부가 벗겨진 아버지의 모습을 보고 얼마나 착잡한 심정이었는지는 설명하지 않아도 알 것이다.

부친으로부터, 또 할아버지, 증조할아버지로부터 남을 아끼고 돌봐야 한다는 철학을 물려받으신 아버지는 그 가르침에 어긋남 없이 평생을 통해 남을 위해 봉사하는 모습을 보여 줌으로써 자식과 손자들에게 아름다운 유산을 남겨 주셨다.

켄터키 주 루이스빌에서 수잔 스미스

생명의 경이로움에 주목할 것

아이의 눈으로 세상 보기

"꺅! 거미잖아. 아이쿠 징그러워! 벌레는 무조건 싫어. 가어다니고, 붕붕거리는 날개가 달리고, 나한테 와서 무섭게 구는 「놈」은 다 싫어. 특히 저런 거미가 제일 싫단 말야!"

아침 나절, 유리창에 아주 큰 거미 한 마리가 기다란 다리를 흐느적거리며 붙어 있었다. 나는 벌써부터 잔뜩 겁을 집어먹고 달아나려 했는데, 네 살짜리 딸 클라우디아는 쭈그리고 앉아 조용히 구경하는 것이 아닌가. 내가 뭐라고 입을 열기도 전에 클라우디아는 흥분해서 말했다.

"엄마, 이것 보세요! 잉키딩키 거미야!"

클라우디아는 유치원에서 「이치비치」 거미 노래를 배운 적이 있었는데, 그애 귀에는 「잉키딩키」라고 들렸던 모양이다.

겨우 마음을 가라앉힌 나는 딸이 어떻게 나올지 궁금해졌다. 클라우디아는 겁도 없이 거미를 자꾸 손으로 잡으려고 했다. 그런 아이의 모습에 이끌려 나도 전에 없이 거미를 찬찬히 들여

180

다보게 되었는데, 다리가 많은 이 거미에게서 재미난 점을 발견했다.

기다란 다리가 여러 쌍 달린 이 거미는 그중에서도 유독 긴 다리를 앞에 있는 물체를 감지하는 안테나로 이용하는 것처럼 보였다. 그리고 거미는 뒤로도 가고 앞으로도 갈 수 있으며, 신기하게도 아주 빠르게 옆걸음질도 치는 것이었다.

갑자기 보기 흉하고 징그러운 피조물이 생명의 신비를 간직한 생명체로 보이기 시작했다. 그리고 이 세상에는 단지 너무 바쁘고 흥미가 없다는 이유로 놓쳐 버린 생명의 신비로움이 얼마나 많을까 하는 의문이 들었다.

그동안 나는 너무 바빠서 한가하게 곤충을 관찰할 시간이 없었다. 아니, 이 지구상에 벌레도 생명체로서 사람과 같이 살고 있다는 것을 의식하지 못했다고 해야 옳을 것이다. 하지만 지금 나는 거미와 노는 딸의 모습에서 현재에 집중하는 것을 배우고 있다.

그애는 나를 동심의 세계로 이끌면서 그동안 내가 까맣게 잊고 있었던 사실, 세계는 끊임없이 성장한다는 것을 깨닫게 해주었다. 어린아이의 눈으로 사물을 바라보면 믿음과 경이로움의 세계, 흥분과 기대로 가득 찬 세계가 기다리고 있다는 것을 알게 되자, 나는 다시 어린 시절로 돌아간 기분이 들었다.

현대인의 생활이 아무리 바쁘고 복잡하다고 해도, 나는 클라우디아가 생명의 신비와 경이로움을 놓치는 일 없이 따뜻한 마

음을 가진 어른으로 자라길 간절히 바란다.

만약 우리에게 잠시 걸음을 멈추고 길가에 핀 장미 한 송이의 향기를 맡을 수 있는 여유가 주어진다면, 이 세상은 얼마든지 아름답고 매혹적인 곳으로 변할 수 있으리라.

뉴저지 주 매그놀리아에서 테레사 프랭키위츠

아무 조건 없이 사랑을 실천할 것

샴 쌍둥이 사라와 사라히

1996년 1월 12일, 사라와 사라히가 멕시코 티후아나의 세계로 들어왔다. 이미 자식이 넷이나 있던 부모는 이번 아이가 쌍둥이라는 사실을 알고 병원에 갔다. 하지만 그냥 쌍둥이가 아니라 샴 쌍둥이였다.

샴 쌍둥이란 한 몸뚱이에 붙어 태어나는 쌍둥이를 말한다. 대개는 엉덩이나 가슴, 또는 머리가 붙은 채 태어나는데, 이들은 내장기관을 같이 쓰는 경우가 많기 때문에 출생한 지 얼마 지나지 않아 한 아이 아니면 두 아이 모두 죽는 경우가 흔했다.

쌍둥이가 태어난 사나토리오 산타마리아 종합병원은 규모가 작아 시설 면에서나 의료기술 면에서 쌍둥이 분리수술을 할 수 없었다.

"안된 말이지만, 어디를 가도 마찬가지일 겁니다. 이 근방에서 샴 쌍둥이를 분리할 수 있는 병원은 아무 데도 없습니다."

병원에서는 아이들 부모에게 솔직하게 말해 주었다.

　그래도 여러 사람들이 쌍둥이를 살릴 수 있는 병원을 찾아 나섰고, 드디어 미국 샌디에이고에 있는 아동종합병원 의사들과 연락이 닿았다. 샌디에이고 아동종합병원은 급하게 의사 5명을 보내어 산모와 쌍둥이를 앰뷸런스에 실어 병원으로 데려왔다. 쌍둥이의 아버지는 주급 50달러도 못 받는 가난한 가장이었고 아이들도 보험혜택을 받지 못하는 형편이었지만, 의사들은 샴 쌍둥이의 몸을 분리하는 일에 발 벗고 나섰다.

　소아심장 연구회 회장인 램버티 박사가 말했다.

　"이번 수술은 로켓 발사만큼이나 복잡하고 어려운 수술이 될 것입니다. 기술적인 면에서 숙달된 모든 기술이 필요할 테니까요. 우리는 정해진 시간에 맞추어 한치의 오차도 없이 정교하게 수술해야 합니다."

　수술을 받지 못하면 샴 쌍둥이 모두 생명이 위험한 지경이었다. 심장 전문의, 흉부외과 전문의 그리고 그외 각 분야의 전문의와 간호사로 이루어진 30명의 수술 팀이 짜여졌고, 이들은 수술 전날 밤 복잡한 수술에 대비한 총연습에 들어갔다. 그들은 상점에서 쌍둥이와 똑같은 크기의 인형을 구입해서 실험용으로 바느질 연습을 했다. 그동안 쌍둥이의 부모는 하느님이 허락한 딸들을 모두 무사히 집으로 데려가게 해달라고 하느님께 기도를 드렸다.

　이들의 기도는 쌍둥이 중 더 약한 사라히에게는 도움이 되지 못했다. 오랜 시간에 걸친 수술이 끝났을 때 의사들은 사라보다

더 약한 내장기관을 가진 사라히는 살아날 가망이 없다는 것을 인정해야 했다. 하지만 사라히는 죽으면서 언니 사라를 살아나게 해주었다. 사라히의 갈비뼈와 피부조직 부분은 나중에 사라가 수술을 받았을 때, 벌어진 가슴 틈을 봉합하는 데 사용된 것이다. 몇 년이 지나면 사라는 동생에게 받은 이 선물이 얼마나 소중한 것이었는지를 깨닫고 감사할 수 있을 것이다.

이런 사랑의 실천이 가능했던 것은, 도움을 필요로 하는 곳이면 어디든 가리지 않고 기꺼이 달려가는 많은 사람들이 있었기 때문이다. 의사와 간호사들은 바쁜 일정에도 시간을 내어 쌍둥이의 수술을 맡아 주었다. 또, 로날드 맥도날드 하우스에서는 쌍둥이 가족에게 주거지를 제공해 주었고, 노드스트롬사는 두 아이에게 예쁜 옷을 마련해 주었다.

미국 각지에서 보내온 이러한 도움은 오로지 귀중하고 작은 생명체를 구하겠다는 하나의 마음에서 비롯되었다. 그들에게 쌍둥이가 멕시코인이라는 사실은 아무 상관이 없었으며, 다만 그 아이들에게 절망적일 정도로 도움이 필요하다는 사실만 중요했다.

작자 미상

기적은 가까운 곳에 있다

자동차에 깔린 커비 씨

나는 어렸을 때부터 어머니 무릎에 앉아 기도하는 법을 배웠다. 어머니는 언제나 하느님께 감사해야 하며, 착한 사람으로 자랄 수 있도록 하느님의 도움을 빌리라고 가르쳐 주셨다.

"하느님은 늘 네가 기도하는 곳에 널 돕기 위해 계시단다."

어머니는 언제나 자신 있는 목소리로 장담하셨다. 그리고 어느 해 여름, 나는 어머니의 말씀이 진실이라는 것을 직접 체험하였다.

1993년 7월, 나는 척추 통증으로 고생하고 있었다. 전에도 등이 아픈 적은 있었지만, 이번에는 너무 아파서 도저히 참을 수 없을 정도였다. 덜컥 겁이 난 나는 그제야 친구들이 추천한 의사를 만나 보리라 마음먹었다.

불행하게도 내가 전화했을 때, 의사는 2주일 동안 휴가를 떠난 후였다. 이대로 기다리고 있을 자신이 없어, 나는 이번에는 척추 교정과 지압요법 전문가를 찾아가기로 했다.

지압치료가 도움이 되었는지 통증이 한결 가벼워졌고, 나는 다음주에 다시 진료약속을 했다. 지압요법 전문가는 그동안 절대 무거운 것을 들지 말아라, 심지어 물이 담긴 주전자조차 드는 것을 피하라고 주의를 주었다. 또 자동차를 타고 내릴 때나 의자에 앉았다가 일어설 때 척추에 무리를 주지 않는 요령을 일일이 시범으로 보여 주었다.

나는 그의 조언대로 행동할 때마다 조심에 조심을 더했고, 지시받은 대로 잘 지내고 있었다. 그러던 어느날, 나는 이웃인 마리온 커비가 자동차 밑에서 일하는 모습을 보았다. 그리고 한참 점심을 만들고 있을 때, 바깥에서 무언가 쾅 하는 소리와 비명소리가 들려왔다.

당장 떠오르는 장면이 있었다. 커비 씨가 자동차에 깔린 장면이었다. 나는 우선 전화기로 달려가 신고부터 했다.

내가 전화를 하는 동안, 마리온의 아내 비바가 달려왔다. 나는 수화기를 내려놓자마자 당장 사고장소로 달려갔다.

"어쩜 좋죠?"

문을 나설 때 수십 가지 생각이 줄을 이었다.

"혹시 지렛대로 이용할 파이프나 막대기 있어요? 난 아무것도 들면 안된단 말이에요. 의사가 물주전자도 들지 말라고 했어요!"

오, 도와 주세요!

사고장소에 도착했을 때, 우리가 할 일은 단 한가지밖에 없었

다. 무슨 일이 있든지 자동차를 들어 올려야 한다는 사실이었다. 나는 범퍼부분을 두 손으로 꼭 잡은 채 중얼거렸다.

"오, 하느님! 도와 주세요!"

자동차를 들어 올릴 방법을 찾느라 머릿속이 분주하게 움직였다.

"무릎을 굽히고, 등을 계속 힘껏 펴보세요!"

비바와 나는 있는 힘을 다해 자동차를 들어 올렸다. 몸이 영 말을 듣지 않는 절망감에 빠져 있을 때, 밑에서 마리온의 목소리가 들려왔다.

"빨리, 나 좀 꺼내 줘."

그때 기적이 일어났다! 비바가 남편을 끌어내는 동안 내가 혼자 자동차를 들고 있었던 것이다. 다행스럽게 마리온은 바퀴와 바퀴 사이에 끼여 있었다. 나는 범퍼를 잡았던 손에 힘을 빼며 조심스럽게 자동차를 내렸다.

앰뷸런스가 도착했고, 마리온은 병원으로 후송되었다. 의사들은 마리온의 갈비뼈 7개가 부러졌고, 폐에 구멍이 뚫렸으며, 심장도 충격을 받았다고 말했다. 만약 그가 자동차에 정통으로 깔렸다면, 살아날 가능성은 전혀 없었다는 것이다. 마리온은 비록 오랜 시간이 걸리긴 했지만 꾸준히 건강을 회복해 갔다.

이 사고에 대한 소문이 퍼졌고, 비바와 나는 일약 우리 마을의 유명인사가 되어 버렸다.

우리가 자동차를 들어 올린 건 정말 기적이었다. 그날 이후 며

칠 동안 나는 몸이 무척 아팠다. 범퍼를 움켜잡았던 손가락 관절이 욱신거렸을 뿐 아니라 끼고 있던 반지들이 완전히 짓눌러져 빠지지 않았기 때문에 할 수 없이 잘라 내야 했다.

하지만 그런 것은 하느님이 내 기도에 응답해 주신 사실을 생각하면 아무것도 아니다. 그리고 도움이 필요할 때 기도하라고 가르쳐 주신 어머니께 너무나 감사한다. 사람은 혼자가 아니며, 하느님은 언제나 우리와 가까운 곳에 계신다.

애리조나 주 메사에서 맥신 몬테규

함께하는 시간을 소중히 여길 것

알래스카에서 맞은 크리스마스

크리스마스 트리에 환하게 불을 밝히고 사랑하는 사람들과 선물을 주고받는 크리스마스는 정말로 멋진 날이다. 하지만 그중에서도 내 기억에서 가장 즐겁고 행복했던 크리스마스는 알래스카에서 살았던 시절의 크리스마스이다.

1957년, 남편과 나는 랜디와 레신느를 데리고 알래스카의 수지트나 강가에 있는 수지트나 역 근처로 이사를 갔다. 도시와는 완전히 격리된 이곳 오지 마을에서 우리는 이전과는 전혀 다른 새로운 경험을 하였다. 물건 하나를 사려 해도 자동차로 몇 시간을 달려야 했으며, 생활에 필요한 것을 거의 모두 직접 만들어 써야 했고, 때로는 머리를 써서 임기응변으로 헤쳐 나가는 법을 배우지 않으면 안되었다.

또, 날씨는 상상을 초월할 정도로 추워서 과연 내가 지금 살아 있는 것인지 죽은 것인지 헷갈릴 때조차 있었다. 그만큼 자연환경이 척박했고 아이들도 각자 맡아서 해야 할 일이 있었다.

　알래스카에서 개는 사람에게 더없이 소중한 존재였다. 한마디
로 개는 우리의 보호자였고, 또 짐승이나 낯선 사람이 다가오면
짖어 댐으로써 초인종 역할도 톡톡히 해주었다. 또한 길고 긴 겨
울이 지나가는 동안 개만이 우리가 다른 곳으로 옮겨갈 수 있는
유일한 이동수단이기도 했다.

　주말이 되면 우리 가족은 개 2마리가 끄는 썰매를 타고 플래
톤 호숫가 근처에 있는 이웃집을 방문하기도 했다. 거리는 10마
일에 불과했지만, 혹한에 개 썰매로 달리는 데는 꼬박 하룻길을
다 잡아먹기 때문에 밤에는 북극성의 안내를 받아 얼음길을 지
치며 가야 했다.

　어느 해였던가, 그 어느 때보다도 추운 겨울이 찾아왔다. 식량
과 생필품은 일주일에 한번씩 오는 보급 비행기에 의지하고 살
았는데, 그해 겨울에는 비행기가 뜨지 못할 정도로 강풍과 악천
후가 특히 자주 발생했다. 아이들에게 줄 크리스마스 선물로 장
난감을 주문한 우리 부부는 만약 악천후가 계속되어 비행기가
뜨지 못하면 어쩌나 불안해졌다. 시간이 지날수록 크리스마스
전에 선물이 닿을 가능성은 점점 희박해지고 있었다.

　"이제 곧 크리스마스인데, 아이들이 실망하면 어쩌죠?"

　나는 걱정이었다.

　다행히 우리집에서 얼마 떨어지지 않은 곳에 목수인 아이들의
할아버지가 살고 있었다. 그분은 레신느에게는 인형을 재우라고
작고 예쁜 나무요람을 만들어 주었고, 랜디를 위해서는 밝은 색

으로 칠한 마차를 만들어 주었다.

하지만 크리스마스 트리 장식이 문제였다. 집에는 요즘 유행하는 새로운 장식물이 없었다. 우리는 아이들과 함께 색종이를 오려 동그라미 모양을 만들고 서로 이어 유행이 지난 꽈배기 모양의 장식을 만들었다.

우리가 직접 모든 것을 다 만들었을 때 비행기와 함께 아이들에게 줄 장난감이 도착했다. 정말로 기가 막힌 클라이맥스였다. 하지만 그해 크리스마스를 즐겁게 한 것은 분명히 도회지에서 날아온 장난감 선물이 아니었다.

그해 크리스마스를 빛나게 한 진짜 선물은 우리 가족의 사랑과 우리가 함께 일하고 놀며 크리스마스 정신을 되새겨 볼 수 있었던 소중한 시간이었다. 우리는 물질적인 선물이 없어도 행복할 수 있다는 것을 배웠다.

뉴멕시코 주 아즈텍에서 오디 글레이즈브룩

매 순간을 추억으로 만들 것

모든 것이 사라져도 추억은 남는다

제2차 세계대전은 나를 둘러싼 모든 것을 순식간에 파괴시키고 있었다. 독일에서 전쟁을 경험한 나는 인생에서 결정된 것은 없으며, 모든 것이 얼마든지 변할 수 있다는 사실을 깨달았다. 즉, 오늘 건강하던 사람이 내일 갑자기 죽을 수 있으며, 많은 재산이 하루 아침에 사라질 수 있으며, 사람의 운명은 얼마든지 변할 수 있다는 쓸쓸한 깨달음이었다.

몸서리쳐지는 전쟁이 계속되는 동안 나는 전쟁이 일어나기 이전의 행복했던 시절, 아무 걱정 없고 자유로웠으며, 보살핌을 받았던 시절이 무척이나 그리웠다. 그래서 내가 어머니가 되고, 할머니가 되었을 때 나는 내 자식들과 손자들에게 매 순간순간을 추억을 쌓아가는 시점으로 만들어 주려고 노력했다. 인생이란 많은 것을 잃어도 추억만은 남는 것이므로……

아이들이 아직 어렸을 때 우리집 형편은 어려웠기 때문에 아이들과 만들 수 있는 추억은 지극히 평범한 것들뿐이었다. 우리

는 1리터짜리 우유 팩과 동물 모양의 쿠키를 만들어 소풍을 갔다고 상상하며 해변을 따라 산책을 하곤 했다. 두 아이와 나는 밀려오는 파도의 하얀 거품이 인어가 마시는 우유라고 믿는 척하며 바지를 걷어 올리고 집에서 가져간 우유를 마시면서 거품이 이는 파도 가장자리를 깡충깡충 뛰어다녔다.

때로는 단돈 1페니만으로 추억 만들기 산책을 하기도 했다. 우리는 미지의 세계를 밝히는 탐험가의 심정으로 처음 가보는 이웃 동네를 섭렵했으며 모퉁이나 갈림길이 나올 때마다 1페니짜리 동전을 던져 오른쪽으로 갈 것인지 왼쪽으로 갈 것인지 결정했다.

그리고 나무를 깎아 만든 오리인형, 헝겊을 기운 곰인형, 그밖에 집에 있는 모든 인형에게 생일을 정해 주었다. 드디어 인형들의 생일이 되면 케이크를 만들고 접대용 접시를 모두 꺼내 그럴싸하게 생일 파티도 열었다.

나중에 집안 형편이 좋아지자 우리는 기차나 버스, 또는 전차에 몸을 싣고 박물관 순례를 했다. 나는 캠프를 그다지 좋아하지 않았지만 아이들과 캠프 여행을 가기도 했다. 그리고 행여 외국을 여행하는 행운을 잡으면, 그 나라 말을 열심히 배우려 노력했다.

나는 자식들 혹은 손주들과 같이 지내게 되면, 그들이 무슨 걱정을 하고 무엇을 바라는지 알기 위해 그들이 하는 말에 귀를 기울였다. 그들이 연주회를 하거나 발표회를 하면 나는 스케줄을

바꾸어서라도 한번도 빠지지 않았다.

우리는 수많은 행복한 시간을 함께 나누었다. 내가 그들을 위해 내준 시간은 또한 나 자신에게도 보물처럼 빛나는 추억을 쌓아가는 시간이었다. 세상이 아무리 험하고 인생이 고달프다 해도 사랑하는 자식들, 손주들과 같이 만들었던 이 추억만은 아무런 해를 입지 않고 영원히 남아 있을 것이다.

사랑한다면 추억을 만들고, 그것을 소중히 간직하라.

작자 미상

누구나 해야 할 자신의 몫이 있다

물 길어 오기와 불 피우기

내가 어린 시절을 보낸 곳은 아프리카 시에라리온 지방 중에서도 촌구석이었다. 나는 편리하고 안락한 도시에서 살기 전까지만 해도 시골에서 지내는 삶이 얼마나 단순하고 조용하고 힘든지 몰랐다. 하지만 시골에서 보낸 어린 시절이야말로 인생의 소중한 교훈을 배웠던 때이다.

우리는 닭장에서 병아리들과 같이 잠자리에 들었고, 아침이면 법석을 떠는 홰 치는 소리에 눈을 떴다. 한마디로 닭들은 우리의 자명종 시계였다. 아이들에게는 아무리 나이가 어려도 저마다 할일이 주어졌는데, 그중에서도 가장 큰일은 집에서 쓸 물을 길어 오는 일이었다.

물을 길어 오는 그릇은 나이에 따라 크기가 달랐는데, 10대인 나는 3갤런짜리 양동이를 머리에 척 하니 이고 유연하게 물을 날랐다. 하지만 이런 기술은 하루 아침에 갑자기 이루어진 것이 아니고 어렸을 때부터 몸에 배어 익숙해진 것이었다.

집에서 공동우물까지는 4km가 떨어져 있었다. 신선한 물을 길으려면 무엇보다 아침 일찍 집에서 떠나는 것이 중요했다. 많은 사람들이 너나 할 것 없이 양동이로 물을 계속 퍼내기 때문에 늦게 가면 진흙이 섞인 물을 긷기 십상이었다.

이른 아침, 우물에 이르는 길은 새처럼 지저귀는 아이들의 목소리로 가득 찼다. 우물가에 닿으면 너나없이 먼저 깨끗한 물을 긷기 위해 양동이끼리 부딪치는 소리가 요란했다. 아이들은 이런 일을 적어도 하루에 4번씩 반복했다. 10개의 발가락이 완전히 드러난 맨발로 같은 길을 왕복해서 걸어갔다 집으로 돌아오는 것이다.

물 긷기가 끝나면 아이들은 불을 피우고 커다란 냄비에 물을 부어 어른들이 쓸 물을 데워야 했다. 불을 피우는 가장 빠르고 쉬운 방법은 이미 불을 피운 이웃집에서 불씨를 빌리거나 불이 붙은 석탄을 얻어 오는 것이었다. 그래서 옆집에서 불을 피울 때까지 자기 집 불을 피우지 않으려는 경우가 태반이었다.

물이 팔팔 끓으면 아이들은 알루미늄 양동이에 뜨거운 물을 부어 세면실로 날랐다. 어른들은 돌아가며 몸을 씻는데, 어른들 중에서도 최우선권은 단연 남자 어른들에게 있었다. 뜨거운 열대지방이라 어른들은 아침과 자기 직전, 이렇게 하루에 2번 몸을 씻는 집이 많았다.

이를 닦을 때도 도시 사람들과는 달랐다. 시에라리온에는 부러진 줄기에서 치약과 비슷한 것이 분비되는 특이한 나무가 자

생하고 있었는데, 아이들은 그 줄기를 부러뜨려 입에 집어넣고 씹었다. 열심히 씹다 보면 줄기에 붙은 뻣뻣한 털처럼 생긴 것이 치아를 하얗게 만들어 주었고 어느새 기분까지 상쾌해졌다. 이 방법말고 불을 때고 남은 석탄을 이용해서 이를 세게 문지르는 것으로 양치질을 대신하는 사람들도 있었다.

청소와 빨래도 아이들 몫

빗자루를 들고 집 안과 집 바깥을 돌아다니며 쓸어 내는 일도 아이들 몫이었다. 빗자루는 대개 야자수나 코코넛 줄기 여러 개를 하나로 단단하게 묶은 것으로, 아이들이라면 누구나 이런 자기 빗자루 하나씩은 가지고 있었다. 비질이 끝나면 일상적인 청소가 이어졌다. 그러지 않아도 먼지가 많이 쌓이는 지역이었는데, 사하라 사막에서 메마른 모래 바람이라도 지나간 다음에는 옷이며 가구며 집안 전체가 온통 모래 먼지를 뒤집어쓰기 일쑤였다.

빨래도 또한 아이들 몫이었다. 아이들은 빨래를 하기 위해서 집에서 5km나 떨어져 있는 강으로 가야 했다. 입을 만한 옷이 많다고는 할 수 없었지만 그래도 일주일에 한번씩은 빨래를 해야 했다. 우리는 먼저 빨랫감을 강물에 푹 담가 물에 적셨다가 납작한 바위 위에 펼쳤다. 그런 다음 빨래 하나하나에 비누칠을 하고, 여러 개의 빨래를 한꺼번에 두 손으로 꼭 잡아 바위에 대고 세차게 서너 번 내리치거나 방망이질을 했다. 이렇게 여러 번 내리친

다음에는 빨랫감을 다시 한번 강물에 집어넣은 채 흔들어서 헹구었다.

간혹 빨래에 쓸 만한 크고 넓적한 바위를 강 중간쯤에서 발견하는 경우도 있었다. 그럴 때면 무릎까지 올라오는 강물에 들어가 오랫동안 서서 빨래를 하곤 했다.

하루는 언니가 강에서 빨래를 하고 있는데 푸른 물뱀 한 마리가 언니 정강이 옆으로 스르르 다가왔다. 언니는 소스라치게 놀라 헉헉거리며 도망치기 시작했다. 물뱀은 장난꾸러기처럼 언니가 가는 곳마다 꼬리를 휘저으며 빠르게 따라다녔지만 언니를 물지는 않았다.

자연은 마치 우리가 빨래를 잘할 수 있도록 적당한 위치에 바위를 배치해 놓은 것 같았고, 그 바위는 언제나 변함없는 자리에서 자기의 의무를 다하기를 기다리는 것 같았다. 그래서 우리는 남을 잘 도와 주는 친구를 「물가 바위」라고 부르기도 했다.

시골에서 어린 시절을 보낸 사람이라면 누구나 해야 할 자기 몫이 있다는 것을 안다. 그리고 우리는 서로에게 「물가의 빨래 바위」가 되어 주어야 한다는 것을 배웠다. 시골에서 자란 가장 큰 축복은 바로 자신의 일을 열심히 하며 살아야 한다는 교훈을 배운 것이다.

조지아 주 디케이터에서 자이나부 레너

어디에 있는가보다는 같이 있는 것이 중요하다

자유의 여신상도, 기수도 아니라니?

내가 살던 아이다호 주 밍크크리크에서 7월 4일 독립기념일은 1년 중 가장 성대한 잔칫날이었다. 또, 그날은 소풍날이기도 했다. 애국행사도 있었고, 집에서 만든 초콜릿 케이크와 아이스크림을 공원에 가지고 가서 먹는 날이었으니 말이다. 그리고 어느 해, 독립기념일에는 퍼레이드까지 있었다.

그 이전까지만 해도 우리 마을 사람들은 퍼레이드에 참여한 적이 한번도 없었다. 우리는 농촌의 특성을 살려 말이 끄는 마차에 건초 더미를 잔뜩 싣고 행진하기로 했다. 몇몇 집에서는 미국 서부개척시대에 등장하는 마차를 본떠 만들자는 아이디어를 내놓았다.

또, 어머니 합창단에서는 〈공화국 전쟁송가〉를 멋지게 부르며 공원까지 마차 퍼레이드를 펼치겠다는 계획을 세웠다. 하지만 그날 퍼레이드의 하이라이트는 뭐니뭐니 해도 자유의 여신상이었다.

나는 물론 자유의 여신상이 되고 싶었다. 하늘하늘하고 새하얀 긴 옷을 입고, 한 손에는 타오르는 횃불을 들면 얼마나 멋질까(사실 횃불은 오렌지색 셀로판지를 짓이겨 만든 것이지만 진짜 불꽃이 타오르는 것처럼 그럴 듯했고 멋졌다)!

더구나 자유의 여신상은 티 하나 없는 순백색 말이 끄는 멋지게 장식된 수레를 탄다고 하지 않는가. 잘만 되면 나도 꿈에나 볼 수 있는 환상 속의 공주가 될 수 있을 거라는 생각에 안달이 났다. 하지만 자유의 여신상은 금발에 얼굴도 예쁘장한 내 사촌 캐롤린에게 낙점되었다.

실망스럽긴 했지만 아직은 다른 기회가 남아 있었다. 퍼레이드를 이끄는 기수 역할도 근사할 것이다. 그런데 아뿔싸, 기수는 사내아이 중에서 뽑혔다. 나는 베츠 로스 역할을 하기에는 나이가 너무 어렸고, 그렇다고 오트밀 상자로 만든 드럼을 치는 꼬맹이들 행렬에 끼이기에는 나이가 너무 많았다. 그럼, 도대체 나는 뭘 하란 말인가?

실망스럽게도 나는 「우리의 초대 대통령, 조지 워싱턴」이라고 쓰여진 깃발을 드는 두 사람 가운데 한 명을 맡게 되었다. 옷차림도 변변치 않은 역할이었다. 그저 청바지에 하얀 블라우스를 입고 목에 붉은색 타이를 매기만 하면 그만일 테니까. 이런 옷차림을 한 나를 누가 쳐다보기나 할까? 이렇게 시시한 역할은 사람들 눈에 잘 띄지도 않을 것이다. 이런 나를 누가 대단하게 봐주겠는가?

독립기념일 아침, 농장 앞마당에서 공원까지 이르는 길은 퍼레이드 참가자들의 긴 줄로 가득 채워졌다. 관광객들과 이웃 마을에서 몰려온 수많은 구경꾼들이 관람석을 가득 메우고 있었다. 그들은 하나같이 자유의 여신상 역할을 한 내 사촌 캐롤린과 기수 역할의 소년 그리고 어머니 합창단만 쳐다보며 열렬하게 소리를 지르고 있었다. 나를 위해 박수를 치고 환호해 주는 사람은 하나도 없는 것처럼 보였다.

드디어 퍼레이드를 시작할 시간이 가까워졌다. 밴드부에서 몇몇이 악기 음정을 고르는 소리에 이어 어머니 합창단에서도 작은 소리로 연습하는 소리가 들렸다.

그런데 갑자기 주위가 소란해졌다. 자유의 여신상을 태운 수레를 끄는 백마가 밴드 소리에 놀라서 흥분한 것이다. 마부는 이리저리 발을 옮기는 백마를 어르느라 진땀을 흘렸다. 게다가 어머니 합창단에서는 박자를 놓친 삑 소리가 계속 새어 나왔고, 철없는 어린 꼬맹이 2명은 울음보를 터뜨렸다. 행사는 처음에 계획한 것만큼 멋지게 이루어지지 않았다.

나는 기다란 퍼레이드 행렬의 맨 앞부터 꼬리까지를 쭉 훑어보았는데, 그만 도망치고만 싶은 심정이었다. 마술처럼 멋지고 신비할 줄 알았는데 밝은 아침 햇살 속에서 보니 하나도 신비하지 않았다. 창창하게 나부낄 줄 알았던 깃발은 기다란 막대에 힘없이 매달려 있었고, 자유의 여신상이 들고 있는 횃불은 셀로판지일 뿐 진짜 불이 아니었다. 조지 워싱턴의 하얀 가발은 그저

뭉쳐 놓은 헝겊 조각에 불과했고, 오트밀 상자로 만든 드럼에서는 아무 소리도 나지 않았다.

자유의 여신상을 구하라

드디어 퍼레이드가 시작되었다. 밴드의 요란스러운 신호에 이어 어머니 합창단은 음이 갈라진 채 「내 눈은 영광을 보고 있네」라는 노래를 불렀고, 이제 백마는 껑충껑충 날뛰었다. 백마는 더이상 참을 수 없었는지 급기야 농장 앞마당을 빠져 나가 도로로 내달리기 시작했다.

그 바람에 알록달록한 장식을 한 수레가 덜컹거리며 말에게 끌려갔고, 수레에 타고 있던 자유의 여신상은 휘청거리면서도 용감하게 횃불을 공중에 높이 쳐든 채 먼지 구름을 일으키며 사라져 갔다. 모든 사람의 눈이 일제히 사라져 가는 여신상의 꼬리를 따라 움직였다.

"말을 잡아!"

여기저기서 고함이 터져 나왔다.

퍼레이드 대열은 금세 흐트러졌다. 모두가 미친 듯 달아나는 말을 쫓아가느라 정신이 없었다. 관람석에 있던 구경꾼들마저 자리를 박차고 도로로 뛰어들었다. 갑자기 우리 모두는 자유의 여신상을 구해야 한다는 단 한가지 목적으로 똘똘 뭉치고 있었다.

말을 타고 있던 어떤 남자가 도망치는 말을 간신히 앞질러 앞을 가로막자, 궁지에 몰린 백마는 홱 방향을 틀더니 내가 있는

쪽으로 달려왔다. 자유의 여신상을 태운 수레를 여전히 뒤에 매단 채 말이다.

백마가 점점 다가오자 조지 워싱턴과 베츠 로스는 어느새 어머니 합창단원들과 어깨를 마주 대고 서 있었고, 나는 오트밀 상자로 만든 밴드와 어깨를 맞대고 우리를 향해 달려오는 말에 대항해 바리케이드를 만들었다. 다행스럽게도 백마는 갑자기 얌전해졌고, 자유의 여신상도 아무 탈이 없었다.

하지만 그때 다른 사람들과 같이 서 있던 나는 무언가를 깨달았다. 우리 모두 자유의 여신상을 구하기 위해 함께 힘을 모았다는 사실이다.

"바로 이거야. 위험에 대항해서 힘을 합치는 게 우리의 자랑이야."

나는 스스로에게 이렇게 말했다. 이것이 조지 워싱턴이고 베츠 로스이며, 우리의 할아버지와 그 윗세대들이 아주 먼 옛날부터 오랜 세월 동안 지켜 온 것이다. 그들은 우리 모두에게 중요하고 가치 있는 나라를 세웠으며, 우리 모두가 이 나라에서 제대로 역할을 하도록 이끌어 온 것이다. 우리가 퍼레이드를 이끄는 기수이든, 아니면 퍼레이드 맨 끝에서 막대 하나만 들고 있든 그런 것은 중요하지 않았다.

"이제 시작합시다!"

내 사촌 캐롤린은 횃불을 다시 높이 들어 올렸다. 꿈에서 본 마술이 시작되었다. 횃불은 훨훨 불타오르며 세상을 밝히고 있

었다. 가벼운 바람이 깃발을 펄럭였다. 밴드 연주도 그럴싸했다. 그리고 「내 눈은 영광을 보고 있네」라는 어머니 합창단의 목소리는 하나로 모아졌다. 오트밀 상자로 만든 드럼을 치는 꼬맹이들도 힘을 다해 쉬지 않고 「팡, 팡, 팡, 팡」 열심히 종이북을 쳐댔다.

　퍼레이드가 앞으로 나갔고, 나는 우리 나라의 초대 대통령을 알리는 깃발을 힘차게 옆으로 들어올렸다. 나는 이 모든 것의 일부였고, 내 가슴은 자부심과 긍지로 어느 때보다도 강하게 뛰고 있었다.

캘리포니아 주 패서디나에서 라엘 리트케

소신을 가지고 살 것

상상도 못할 많은 일을 순식간에 뚝딱

"사람이 나이가 들수록 강직해져야 하는데 반대로 너무 물러져서 탈이야."

수지 할머니는 때때로 짜증을 내며 이렇게 말씀하셨다. 하지만 그 말과 반대로 할머니는 강직한 분이었다. 아니, 매일 알을 줍기 위해 닭장에 들어갈 때마다 할머니를 공격한 수탉처럼 그렇게 드세고 거친 분이라 표현해도 무리가 없을 분이었다.

언제나 흙투성이인 할머니의 손은 쭈글쭈글하고 갈색 반점이나 있었다. 그러나 채소밭에서 잡초를 뽑기 위해 호미를 그러잡을라치면 결코 대충 하는 법이 없었고, 커다란 밀가루 반죽을 이리저리 굴리며 누르고 짓이기는 할머니의 손가락에는 약함이란 단어가 도저히 어울리지 않았다.

할머니의 키는 비록 자라기를 거부한 것처럼 발끝부터 머리 꼭대기까지 겨우 150cm도 되지 않았지만 온몸에서 에너지가 철철 넘쳐흘렀다. 경계심이 많은 짙은 갈색 눈동자에는 어떻게 피

붙이를 먹여 살릴까 하는 열기가 번득였다. 새벽부터 늦은 밤까지 잠시도 쉬지 않고 등이 휘어지는 허드렛일을 하나씩 해치우는 할머니의 발걸음은 언제나 빨랐고 망설이는 법이 없었다. 우리가 상상도 못할 많은 일들을 순식간에 해내는 할머니는 아마 할 수만 있었다면 땅 위를 붕붕 날아다녔을 것이다.

어쨌든 수지 할머니는 모든 사람들이 존경하지 않을 수 없는 분이었다. 할머니를 그토록 우러러 존경하게 만든 것은 무엇일까? 할머니가 돌아가신 지 40년이 지났건만 지금도 할머니를 생각하면 가슴 한구석이 따뜻해지는 이유는 무엇일까?

할머니는 부드러움이라는 말을 진저리치도록 싫어했다. 삶이란 고달프고 거친 것이며, 그 거친 삶에 똑같이 강한 힘으로 대응하며 살아야 한다고 믿었다. 하지만 이웃에 헐벗은 사람이 있으면 맨 먼저 달려간 이는 바로 수지 할머니였다. 열이 끓는 불쌍한 아이의 침상을 지켜 주던 사람도 할머니였다.

병으로 고통받는 사람들, 가난한 사람들, 슬픔에 잠겨 있던 사람들은 위로받거나 도움을 받으러 늘 할머니를 찾아왔다. 그러면 할머니는 그들을 불쌍히 여기고, 그들과 함께 울어 주었으며, 그들이 다시 삶 속으로 들어갈 수 있도록 격려하고 힘을 북돋아 주었다.

겉으로는 부드러움을 거부했지만, 할머니가 보여 준 행동은 어느 누구도 부인할 수 없는 물 흐르듯이 자연스러운 부드러움의 모습이었다.

어마어마하게 커다란 앞치마를 두르고

할머니는 한시도 쉴 틈이 없이 움직였다. 체구는 작았지만 그분의 행동과 마음은 어느 누구 못지않게 크고 넓었다. 옷을 입을 때도 이런 성격이 잘 드러났다. 할머니는 항상 목에서 발까지 온몸을 덮는 옷을 입었고 아무리 삼복더위라 할지라도 긴 소매 옷을 입었다. 가는 허리와 풍만한 가슴, 이 2가지 여성의 아름다움을 그분은 여러 겹의 풍성한 겉옷과 또 몇 겹씩 겹쳐 입은 페티코트 속에 완전히 감추고 그것도 모자라 어마어마하게 커다란 앞치마까지 꼭 두르고 다녔다.

할머니는 어떤 일을 당해도 감당하지 못하는 법이 없었다. 그리고 한번도 불평을 하지 않았다. 너무 뜨겁다거나, 너무 추워서, 너무 가물어서, 너무 비가 많이 와서 무슨 일을 못한다거나 속이 상한다는 것은 그분에겐 있을 수 없는 일이었다.

"우리는 하느님이 주시는 대로 받아들이고 이용하며 살아갈 줄 알아야 한단다."

이것이 95년 동안 수지 할머니를 지탱해 온 신념이었다. 할머니의 이 신념을 반박할 만큼 용기를 가진 사람은 세상에 아무도 없을 것이다.

수지 할머니는 자신에게 충실한 삶이 어떤 것인지 보여 주었다. 그녀는 시대가 변했다고 해서 다른 사람이나 시대에 맞춰 사는 분이 절대 아니었다. 세상 여자들이 예쁜 모자를 쓰고 활보할 때도 할머니는 항상 보닛(턱밑에서 끈을 매게 되어 있는 여자와 어린

이용 모자)을 쓰고 다녔으며, 다른 사람들이 유행에 따라 화려한 옷감으로 옷을 지어 입었을 때도 할머니는 여전히 검은색이나 갈색 또는 푸른색 천으로 옷을 지어 입고 다녔다.

수지 할머니처럼 흔들리지 않고 자기 믿음대로 살 수 있는 사람은 그리 흔하지 않을 것이다. 언제나 자신이 옳다고 믿는 일을 꿋꿋하게 밀고 나갔으니, 다른 사람의 말과 행동에 따라 흔들릴 필요가 없었던 것이다. 그렇지만 사람들에게 자신을 따르라고 강요하는 법이 없었다. 그러면서도 모든 사람들을 이끄는 분이었으니, 이 또한 멋진 모습이 아닌가.

플로리다 주 선시티센터에서 델라 타렐

한 목소리로 외치면 못할 일이 없다

신혼 여행지에서 맞은 전쟁

"해군이 오늘 공격을 개시할지도 몰라."

남편 엘빈이 졸음기 섞인 목소리로 말했다. 그날 아침 우리는 땅을 뒤흔드는 폭격 소리에 놀라 잠에서 깨었다. 나는 결혼한 바로 다음날 귀대한 남편을 따라 하와이에 와 있었다. 바깥 세상은 일본과의 전쟁 가능성 때문에 어수선했지만, 나에게는 분명 신혼 여행지였다.

갑자기 전화벨이 울렸고, 엘빈은 날듯이 전화기로 달려갔다.

"당장 귀대하십시오, 소장님!"

전화기 저편의 병사가 소리를 질렀다.

"일본군이 바로 코앞에서 폭격하고 있습니다."

이렇게 해서 우리 부부는 일본이 진주만 폭격을 감행했음을 알았다. 그리고 불과 2시간도 채 못 되어 4,500명이 넘는 미국인들이 죽거나 부상을 당하거나 실종되었다.

남편은 즉시 본대로 달려갔고, 나는 다른 군인가족과 함께 사

화산인 다이아몬드 헤드 안에 있는 동굴로 후송되었다. 아주 긴 하루였다. 먹을 음식이 없는 것은 물론 어느 누구도 사태가 어떻게 진전될지 짐작할 수 없었기 때문에 모두가 불안한 가운데 겁에 질려 있었다.

그날 밤 느지막한 시간이 되어서야 병사 몇몇이 비상식료품이 든 상자를 가져다 주었다. 상자 안에는 미육군 병사들이 먹는 두꺼운 볼로냐 소시지만 달랑 들어 있는 빵이 전부였다. 나는 입맛이 전혀 없었고 오직 남편이 무사하기만 바랄 뿐이었다.

어떻게 그 긴 시간을 견디어 냈을까. 영원히 끝나지 않을 것만 같았던 사흘이 지나고, 등화관제가 실시되던 시각에 병사 한 명이 나를 찾아오더니 육군 통신국에 있는 엘빈과 통화를 하게 해주었다. 남편의 목소리, 그가 살아 있다는 사실을 확인한 나는 그제서야 처음 숨을 쉬는 사람처럼 안심할 수 있었다.

나는 임신한 몸으로 사화산에 있는 동굴 안에서 3주일 동안 박혀 지냈다. 크리스마스 바로 전날 군인가족을 본토로 수송하는 배가 도착했고 엘빈은 부두까지 배웅을 나왔다.

다시는 그를 못 보는 것이 아닐까? 나는 남편과 이렇게 헤어져야 한다는 사실이 너무나 슬펐다. 우리가 다시 볼 수 있을까? 아무도 장담할 수 없는 시절이었다. 단지 그의 마음도 내 마음도 갈가리 찢어졌다는 것만은 분명했다.

바닷길은 길고 힘들었다. 우리를 태운 배는 혹시나 우리를 추격하고 있을지도 모르는 적의 잠수함을 피하기 위해 지그재그

로 운항을 해야 했기 때문에 본토까지 꼬박 12일이 걸렸다. 아무튼 나는 무사히 친정 부모님 집에 도착했고 거기서 딸아이를 낳았다. 엘빈은 첫 딸 스테파니가 거의 세 살이 될 때까지 딸아이의 얼굴을 보지 못했다.

3년 만에 나눈 재회의 기쁨

그 시절은 내가 사는 마을은 물론 온 나라가 하나로 똘똘 뭉쳐 있었다. 시민들은 자신이 할 수 있는 모든 일을 다하였다. 집집마다 전쟁에 참가한 사람이 한 사람 이상씩은 있었다. 우리는 내일 당장 일이 어떻게 될지 모르는 상황에서 서로 힘을 합해야 살수 있다는 새로운 도전을 받아들였다.

포탄이 떨어지는 전쟁터에 사랑하는 사람을 두고 그들이 돌아오기를 기다리는 것은 피를 말리는 고통이었다. 가족 중에서 전사자가 있는 집은 창문에 금색 별표시를 달았는데, 가슴아프게도 2개 또는 3개의 별표시가 달린 집도 있었다.

모두가 힘을 내어 열심히 일했다. 많은 사람들이 집을 떠나 조선소나 비행기 공장으로 들어갔다. 수많은 의사와 간호사들이 의병대로 불려 갔을 뿐만 아니라 부족한 병원 인력을 보충하기 위해 간호조무사 훈련을 받는 시민도 많았다.

가솔린, 타이어, 설탕, 버터 그리고 고기까지 모든 것이 배급제였다. 그러나 우리는 승리의 힘을 믿었고, 아낄 수 있는 모든 것을 아껴 썼다. 신문지, 깡통, 치약, 나일론 심지어는 옷이나 보석

까지. 그러면서도 군인들이 섬으로 갈 때 그곳 원주민들에게 주라고 자기 것을 아낌없이 내놓던 시절이었다.

3년이 훨씬 지난 후에 이제 대위가 된 남편이 남태평양에서 집으로 돌아온다는 소식이 들려왔다. 기차역으로 달려가 보니 기차 전체가 그의 명령 하나로 움직이는 병사들로 가득 차 있었다. 3년 만의 재회의 기쁨을 병사들도 알았는지 병사들은 한 목소리로 연호하기 시작했다.

"키스, 키스! 중위님, 사모님에게 키스를, 키스를!"

사람들이 한 목소리로 소리치면 무슨 일이든 할 수 있는 법이다. 진주만 공습을 일으킨 이소로쿠 야마모토 제독은 공식적으로 이렇게 말했다.

"나는 우리가 했던 모든 짓이 잠자는 사자를 깨운 것이며, 결국 그들을 무섭도록 단결시킬 줄은 몰랐다."

이러한 하나 됨, 기꺼이 자신을 버릴 줄 아는 희생정신과 애국심으로 똘똘 뭉친 우리의 모습이야말로 그의 말을 확실하게 증명한 것이 아닐까. 우리는 하나로 뭉쳤기 때문에 우리 안에 들어 있던 거인의 모습을 깨운 것이다.

캘리포니아 주 아카디아에서 엘로이스 웨이멘트

(윗부분은 1970년 20세기 폭스사에서 제작 발표한 영화 〈도라, 도라, 도라〉의 대사에서 인용했다.)

성공하고 싶으면 두려움을 없앨 것

맙소사, 우린 이제 죽었다

아마 초등학교 5학년 때일 것이다. 난생 처음으로 수영을 배우게 되었다. 나는 일주일에 한번씩 엄마를 따라 자동차를 타고 엘크스 클럽까지 간 다음 그곳에서 친구들과 모여·이번에는 커다란 트럭을 타고 마을에서 12km나 떨어져 있는 캄페스카 호수로 갔다.

처음 호수에 도착한 날, 나는 수영복을 갈아입고 싶은 마음에 얼른 탈의실로 뛰어갔다. 하지만 막상 얼음장처럼 차가운 호수 물을 보자 헤엄을 꼭 배워야 하나 하는 생각과 함께 두려움이 밀려왔다. 샘에서 솟아나는 물로 채워지는 캄페스카 호수는 1년 내내 얼음장처럼 차가운 수온으로 유명했다.

나는 물이 차갑다는 사실도 겁이 났지만, 내 마음을 얼리는 또다른 걱정거리가 있었다. 바닥이 보이지 않을 정도로 깊은 호수이니, 혹시 머리가 둥글둥글하고 무섭게 생긴 물고기가 나타나 살을 물어뜯지 않을까 하는 것이었다.

드디어 수영강습이 시작되었다. 우리는 한 사람씩 물 속에 얼굴을 담그고 뽀글뽀글 공기방울을 만들며 숨쉬기 연습도 하고 발차기 연습도 했다. 나는 이 정도 기술은 금세 배웠다. 그 다음 진짜 수영다운 수영을 배울 차례가 되었는데, 그전에 각자의 수영실력을 테스트받아야 하는 게 문제였다. 테스트 방법은 호수에 떠 있는 플랫폼 위로 기어 올라간 다음 호수 속으로 뛰어드는 것이었다.

나는 너무 무서워 이가 덜덜 떨렸다.

"맙소사, 우린 이제 죽었다. 우리 나라에서 가장 큰 호수 한가운데로 뛰어들어야 하다니. 바닥이 어딘지도 모르는 이런 호수에 빠져 죽으면 시체도 못 찾을 텐데 말이야."

드디어 선생님은 우리에게 플랫폼 위로 올라가게 한 다음 발장구를 치든 개헤엄을 치든 수단과 방법을 가리지 말고 방둑까지 가보라고 말했다. 선생님이 가리키는 방둑은 세상 끝에 있는 것처럼 아득하고 멀게만 보였다.

나는 다른 아이들에게 말했다.

"너희가 나만 혼자 남겨 두고 가도 난 정말 괜찮아. 꼴찌는 내가 맡아 놓았으니까."

내심 태연한 목소리로 말하려 애를 썼지만, 마음속으로는 사실 일등을 하지 못하면 어쩌나 하는 불안감이 있었다.

아이들이 한 사람씩 물에 뛰어들었다. 아이들은 코를 훌쩍거리고 꼴깍꼴깍 물을 먹어서 꽥꽥거리면서도 어쨌거나 방둑을 향

해 나아가고 있었다. 그러니 나도 물에 뛰어들 수밖에 없었다. 나는 아주 크게 심호흡을 한 다음 할 수 있는 한 멀리 다이빙을 했고, 내가 아는 모든 방법을 동원해서 철벙철벙 발로 거품을 만들며 앞으로 나아갔다. 그날 방둑에 도착할 때까지 내가 입으로 마신 물은 엄청난 양이었을 것이다.

소중한 동생의 생명을 구하다

나는 눈을 떠서 앞을 보기가 겁이 났다. 내가 방둑 옆으로 다가갔을 때 선생님 한 분이 내 수영복을 잡아 나를 물 밖으로 잡아당겨 주지 않았으면 난 내가 어디까지 헤엄쳤는지도 몰랐을 것이다. 방둑에 올라오자 처음에는 벌떡벌떡 뛰는 심장 소리 외에 아무것도 들리지 않았다.

그런데 놀랄 일이 일어났다. 정신을 차려 보니 아이들이 나를 보고 환호하고 있는 것이 아닌가. 놀랍게도 내가 수영 테스트에 합격한 것이다.

"아, 별거 아니야. 아주 쉬워. 누구나 다 한다고"

그날 집에 돌아온 나는 여동생에게 뻥을 쳤다.

물에 대한 공포에서 일단 벗어나자 차가운 호수도 별거 아니었다. 그뒤 우리는 재미있게 물과 친해지는 시간을 가졌고, 내 수영실력도 눈에 띄게 좋아졌다.

하루는 남동생 진이 보는 앞에서 폼을 잡고 수영을 했다. 진은 겨우 두 살로 수영의 수자도 몰랐기 때문에 방둑 맨 끝에 앉아

물에 발을 담그고 물장구만 치고 있었다. 그런데 아버지와 어머니가 우리 쪽으로 다가왔고, 그 모습을 본 진은 너무 반가워서 몸을 일으키다가 그만 균형을 잃고 물 속에 빠지고 말았다. 그 순간 나는 생각하는 기능마저 멈추고 말았다. 나는 무작정 동생이 마지막으로 있었던 지점까지 헤엄을 쳤고, 잠수를 해서 동생을 끌고 물위로 떠올랐다.

　정신없이 뛰어온 부모님은 진이 무사하다는 것을 확인한 다음에야 한숨을 내쉬었다. 나는 그날 두려움을 이기는 아주 소중한 경험을 했다. 내가 어린 동생을 물 밖으로 끌어낼 수 있었던 것은, 내가 더이상 물을 두려워하지 않았기 때문이다. 만약 내가 그때도 물에 대한 공포에 눌려 있었거나 겁에 질려 있었다면, 소중한 내 동생의 생명을 구할 수 없었을 것이다.

캘리포니아 주 글렌데일에서 루스 브래거

아름다운 예의범절을 익힐 것

요르단 왕과 춘 왈츠

고등학교를 졸업한 나는 스키도 배울 수 있고 외국어 실력도 키울 수 있는 대학으로 진학하고 싶었다. 보스턴 대학의 교수였던 아버지도 내가 원하는 것을 모두 충족시키면서도 좋은 교육을 받을 수 있는 대학을 원하셨다. 우리는 많은 얘기를 나눈 끝에 스위스 그스타드에 있는 대학으로 진학하기로 결정했다.

이렇게 해서 나는 열여덟 살 나이에 퀸 메리호에 올라 유럽을 향해 청춘의 돛을 올리게 되었다.

그스타드는 내가 기대하고 상상한 것보다 훨씬 근사했다. 그림엽서에서나 봄직한 알프스의 풍경을 그대로 간직한 이곳은 비록 크기는 작지만 다양한 레저 스포츠 시설을 갖추고 있어 1년 내내 많은 사람들이 찾아오는 멋진 휴양지였다.

또한 리타 헤이워스, 아가 칸, 데이비드 니븐, 리처드 버튼, 엘리자베스 테일러 같은 유명한 배우들의 별장이 있어서 가만히 앉아 대스타를 구경하는 즐거움도 있었다. 또, 스키 리조트에는

맨 정상 슬로프까지 데려다 주는 헬리콥터가 있었기 때문에 높은 스위스 산맥을 스키를 타고 내려오는 짜릿한 맛을 얼마든지 맛볼 수 있었다.

대학생활도 더없이 만족스러웠다. 내가 다닌 대학은 한마디로 전 세계 젊은 숙녀들의 집합지였다. 남아프리카공화국, 로디지아, 이스라엘, 멕시코, 인도, 일본, 호주 등지의 외교관이나 정부 관료 등 고급 공무원의 딸들이 같은 학교에 다니고 있었다. 그중에는 덴마크의 마가렛 공주를 포함해 여러 나라의 공주님들도 있었으니, 한마디로 귀족의 학교였다고 해도 좋을 것이다.

나는 대학에 들어오기 전까지만 해도 부자나 귀족들을 직접 만난 적이 없었지만, 그렇다고 해서 그들 때문에 당황하거나 기가 죽지는 않았다. 그 이유는 예의범절을 대단히 중요하게 여긴 집안에서 자랐으므로 누구를 만나도 예법에 어긋나지 않게 행동할 자신이 있었기 때문이다.

어린 시절, 나는 할머니와 어머니의 모습을 보며 자랐다. 할머니는 언제나 한쪽 무릎에는 에밀리 포스트의 『예의범절의 책』을, 그리고 다른 무릎에는 웹스터 사전을 놓고 에밀리 포스터의 글을 소설을 읽듯 읽으셨고, 행여 모르는 글귀가 나오면 당장 사전을 찾아보시는 분이었다.

또, 어머니는 식사 때마다 순백색 리넨 식탁보를 식탁에 깔고 은식기로 완벽하게 테이블 세팅을 하셨던 분으로, 한마디로 진짜 숙녀였다. 이처럼 숙녀가 사는 가정의 본보기를 보여 준 할머니

와 어머니 밑에서 배우고 자란 나는 정말 행운아였다.

스위스에서 지낸 지 1년이 되어 가던 크리스마스 무렵, 리조트 호텔에서 열린 크리스마스 댄스 파티에 초청을 받았다. 나는 에메랄드빛 녹색 능라 드레스에 장갑을 끼었고, 할머니가 물려주신 크리스털 목걸이와 귀고리를 했다.

그런데 놀랍게도 키가 훤칠하게 크고 미남인 영화배우 밴 존슨이 우리가 앉아 있는 탁자로 다가와 소녀들 모두에게 돌아가며 춤을 신청했다. 하지만 더욱 놀라운 일이 생겼다. 요르단 국왕이 나에게 춤을 신청한 것이다.

"당신은 어디에서 왔습니까?"

매력적이고 기품 있는 왕이 내게 물었다.

"요르단에 가본 적이 있습니까? 혹시 요르단에 온다면, 다시 만나고 싶습니다."

영광스럽게도 왕이 제안을 했다. 우리는 그 다음에 왈츠를 세 곡이나 더 추었다.

당신이 보잘것없는 신분의 사람이건, 아니면 여왕의 식탁에 같이 앉을 수 있는 귀족이건 그런 것은 중요하지 않다. 만약 아름다운 예의범절이 당신의 몸과 마음에 배어 있다면, 그것이 자연스럽게 당신의 얼굴이 되어 주니까 말이다.

매사추세츠 주 액턴에서 주디스 웨더비 피터슨

말과 행동을 하기 전에 먼저 생각할 것

바람을 타고 날아간 민들레 씨

내가 어린 소녀였을 때 할머니는 언제나 내게 가장 멋진 친구가 되어 주셨다. 우리는 민들레 잎을 따면서 여러가지 즐거운 대화를 나누었다. 요리가 취미였던 할머니는 민들레 잎에 좋은 영양소가 가득하다고 믿었기 때문에 민들레 잎으로 음식 만들기를 좋아하셨다.

나는 민들레 잎의 쌉싸래한 맛을 싫어해서 할머니가 만들어주신 음식은 아주 질색이었다. 하지만 할머니와 앞마당에서 민들레 잎을 딸 때 할머니가 들려주시는 이야기만큼은 무척 좋아했다.

가령 할머니는 이런 식으로 이야기를 끌고 나가셨다.

"너, 민들레가 어떻게 미시시피 강 서쪽으로 날아온지 아니?"

그리고 나서 할머니는 민들레가 미시시피 강 서쪽으로 날아온 이야기를 해주셨다.

할머니의 어머니인 프란시스 페리는 어느 해 봄, 서부로 시집

간 언니를 만나려고 뉴욕을 떠났다. 서부에 도착한 프란시스는 그곳에서 데이비드 그린이란 청년을 만나 사랑에 빠졌다. 데이비드는 남북전쟁이 한창일 때 연합군측에서 머스킷총(구식 보병총)을 들었던 가장 나이 어린 보병이었다.

둘은 결혼해서 다코타 영지에서 살림을 차렸기 때문에 프란시스는 다시는 친정인 뉴욕으로 가지 못했다. 프란시스는 새로운 환경과 결혼생활에 아무런 불만이 없었지만, 날이 갈수록 처녀 시절에 좋아했던 노란색 민들레가 너무나 보고 싶어졌다. 그녀는 친정어머니에게 민들레 꽃씨를 보내 달라고 편지를 쓰기에 이르렀다.

프란시스는 민들레 꽃씨를 심었고, 그 다음에는 우리 모두가 알고 있는 일이 일어났다. 민들레는 꽃을 피우면 솜털 같은 씨가 바람을 타고 얼마든지 멀리까지 날아가는 생명력이 있는 꽃이다.

이제 민들레는 캘리포니아 주에서 뉴욕까지 사방에서 노란 꽃을 피우게 되었다. 민들레는 귀엽고 앙증맞아 마음을 편하게 해주면서도, 왕성한 번식력으로 다른 어떤 식물보다 골칫거리가 되기도 한다.

나는 노란 민들레를 볼 때마다 나의 증조할머니 프란시스를 떠올리곤 한다. 그분이 어떻게 생겼는지, 또 그분이 민들레 씨를 심었을 때 어떤 일이 일어났는지 전혀 모르지만 말이다.

프란시스의 이야기는 우리에게 어떤 말과 행동을 할 때는 먼저 깊이 생각해야 한다는 것을 알게 해준다. 좋은 일이든 나쁜

일이든 그 발단은 아주 사소한 행동에서 시작되며, 그 결과는 어떻게 이어질지 아무도 모른다는 사실을 일깨워 주는 것이다.

캘리포니아 주 클레이턴에서 일라 피터슨

다른 사람을 위해 할 수 있는 일을 찾을 것

사랑을 가르쳐 준 전쟁

일본이 진주만을 습격했던 그날을 나는 죽을 때까지 잊지 못할 것이다. 그날 나는 저녁때 먹을 빵과 볼로냐 소시지를 사오라는 아버지 심부름으로 식료품 가게에 갔다. 그런데 가게 안은 온통 「폭격을 당하고 있다」, 「전쟁」이라는 단어가 오가며 술렁거리고 있었다.

나는 어른들 얼굴이 심상치 않다는 것을 느꼈지만 그들이 무슨 말을 하는지는 알지 못했다. 평소에도 마을 사람들은 식료품 가게에 와서 이런저런 소문을 나누기도 하고 안부도 묻는 것이 예사여서, 그날도 그런 줄로만 알았다.

가게를 나와 집으로 걸음을 옮기고 있을 때 얼마 멀지 않은 곳에서 큰 폭발이 일어났다. 순식간에 커다란 건물 세 채가 불길에 휩싸였다. 우리가 살던 철도역 근처에는 가스 저장 탱크가 많았는데, 아마도 그중 하나가 폭발한 것이었으리라.

하지만 어린 나는 그런 것까지는 알 수 없었고 그저 막연하게

아까 들은 전쟁이라는 게 이런 것이구나 하고 생각했다. 아무튼 그제서야 전쟁에 대한 공포를 느낀 나는 죽어라 하고 집까지 쉬지 않고 달렸다.

전쟁은 사람들의 생활을 완전히 바꾸어 놓았다. 아직 코흘리개로만 보이던 사내아이들이 나이든 부모를 남겨 둔 채 입대를 했다. 내가 아들이 떠나 노인들만 남은 집을 찾아가 나무를 베어 주면 노인들은 고맙다며 오렌지나 과자를 건네 주곤 했다. 내가 일해 준 어떤 집은 아들 2명이 모두 독일의 전쟁터로 나간 노부부도 있었다.

나는 우체국에서도 일을 했는데, 우체국에서 취급하는 V우편(미국군사우편 : 제2차 세계대전 당시 편지를 마이크로 필름으로 보낸 것으로, 현지에서 현상하여 배달함)과 전보를 배달하면 15센트를 벌 수 있었다.

어느날 나는 비어즈 집안 아들이 전쟁터에서 실종되었다는 전보를 배달하게 되었다. 전보를 받아 든 청년의 어머니는 그 자리에서 혼절을 했다. 나는 그분이 불쌍하고 안타까워 견딜 수가 없었다. 더구나 그 청년은 이름이 잘 기억나지는 않았지만 내가 늘 큰오빠처럼 생각하고 따랐던 사람이었기 때문이다. 나중에 그가 무사하다는 새로운 전보를 배달해 주었을 때 그의 어머니는 물론 내가 느낀 기쁨과 감격은 이루 말할 수 없었다.

나는 조국을 무척 사랑한다. 전쟁은 우리에게 서로 의지하고 돕는 일이 얼마나 중요한지 가르쳐 주었고, 비록 어린 소녀였지

만 나도 다른 사람의 삶에 변화를 가져다 줄 수 있다는 것을 배웠다. 나의 가슴속에는 지금도 내가 다른 사람을 위해 무언가를 할 수 있다면 그 기쁨은 2배로 커진다는 소중한 진실이 간직되어 있다.

오클라호마 주 아이다벨에서 플로렌스 스테리

결단을 내리면 더이상 불평하지 말 것

추억이 담긴 소중한 보석

1915년 1월, 바람이 매섭게 몰아치던 날, 나는 세상 밖으로 나왔다. 아버지는 이날 어머니에게 32개의 다이아몬드가 박힌 아름다운 백금반지를 선물했다. 그때의 그 반지가 지금은 내 손가락에 끼여 있다. 내가 이 반지를 끼는 이유는 인생에서 겪을 수 있는 최악의 상황에 놓이더라도 한번 내린 결단에 대해서는 망설이거나 불평하는 법이 없었던 어머니를 언제까지나 기억하고 싶어서이다.

내가 소녀시절이었을 때만 해도 우리집은 엄청난 부자였다. 시카고 컵스 경기가 있는 날이면 나는 어머니 손을 잡고 야구장으로 구경을 갔다. 우리 집안의 찰스 위그만 삼촌이 바로 시카고 컵스의 구단주였다. 삼촌은 시카고 전역에 퍼져 있는 대형 레스토랑 체인의 주인이기도 했다. 또한 오늘날 리글리 필드를 세운 분이었는데, 그 당시에는 삼촌 이름을 따서 위그만 파크라고 불렀다.

부잣집 딸로 사는 것은 꽤나 재미있었다. 어머니에게는 전속 미용사가 딸려 있었고, 나만 돌보는 보모가 둘이나 되었으니까. 하지만 화려하고 편안하기만 한 생활은 영원히 지속되지 않았다. 부모님이 주식에 투자하려고 엄청난 돈을 빌린 것이다. 그전까지만 해도 경기가 좋았고 주식시장도 전망이 좋았기 때문에 많은 사람들이 너나 할 것 없이 더 많은 돈을 벌기 위해 여기저기서 돈을 빌려 썼던 시절이었다.

하지만 1929년 경제 대공황으로 주식시장이 파산을 맞음으로써 우리집에서 샀던 주식은 쓸모없는 휴지 조각으로 변해 버리고 말았다. 부모님에게는 갚아야 할 돈이 산더미처럼 많았다. 모든 것을 잃은 우리는 결국 아버지가 새로운 일을 찾을 때까지 할머니 집에 얹혀 살 수밖에 없었다. 그 많던 레스토랑마저 하나도 남지 않고 사라졌기 때문에, 아버지는 할 수 있는 일이면 무엇이든지 가리지 않고 달려들어야 했다.

우리 식구에게 유일하게 남은 재산은 어머니의 보석들이었다. 이 보석들은 하나하나가 저마다의 사연과 아름다운 추억을 간직하고 있어 어머니에게는 커다란 의미가 담긴 소중한 것이었다. 하지만 어머니는 매달 전당포를 찾아가 목걸이나 반지 등을 저당 잡혀 돈을 만들었다.

어머니는 이런 생활에 대해 한번도 불평하지 않았지만 죽기 전에는 반드시 팔았던 반지와 목걸이, 머리핀, 브로치 등 모든 보석을 되찾겠다고 결심했다. 그 이유는 비싼 보석을 헐값으로

넘긴 게 아까워서가 아니라 지극히 감성적인 이유 때문이었다. 어머니는 돈으로 환산할 수 없는 당신의 추억이 담긴 그 보석들을 딸인 나에게 물려주고 싶었던 것이다. 어머니는 취직을 했고 예전의 보석들을 하나하나씩 다시 찾을 때까지 누구보다도 열심히 일했다.

지금 생각해도 다시는 돌아가고 싶지 않은 힘든 시절이었지만, 어머니 입에서 한마디라도 불평하는 소리가 나오는 것을 들어 본 적이 없다. 냉혹한 현실은 어머니를 한순간에 큰 부자에서 가난한 사람으로 추락시켰지만, 어머니는 결코 좌절하거나 운명에 휩쓸려 자기 자신을 포기하지 않았다. 사람이야말로 재산보다 훨씬 소중하다고 믿었던 어머니가 내게 가르쳐 준 교훈은 바로 이것이다.

"네가 무슨 일을 하든지 현재에 충실해라. 무슨 말을 하든지 진실되게 해라."

플로리다 주 포트 마이어스에서 데솔라인 위그만 시몬스

살아 있음의 축복을 받아들일 것

척수성 소아마비에 걸린 로렐 아주머니

내가 아주 어렸을 때 일이다. 우리집 옆에 케이네 가족이 이사를 왔고, 나는 금세 케이와 절친한 친구가 되었다. 우리는 어린 여자아이들이 좋아하는 모든 놀이를 같이 즐겼다. 인형을 진짜 아기처럼 수레에 누이고 밀고 다니기도 했고 밖에 나갈 때는 손을 꼭 잡고 다녔다. 어머니 또한 케이의 어머니인 로렐 아주머니와 둘도 없는 친구가 되었다.

그런데 케이와 내가 초등학교 2학년 때 우리 인생을 완전히 바꾸어 놓은 척수성 소아마비가 전국을 휩쓸었다. 우리는 의사의 지시대로 사람들이 많이 모인 곳을 피했으며, 특히나 공공 수영장 같은 곳은 가지 않았다. 하지만 그해 여름은 유난히 더워서 로렐 아주머니는 케이와 나를 이웃 마을에 있는 수영장으로 데려갔다.

그날 저녁 나는 온몸에 척수장애의 증후를 보이기 시작했고, 바로 다음날은 손가락 하나 까딱할 수 없을 정도로 팔이 완전히

마비되었다. 로렐 아주머니에게는 하늘이 무너지는 일이었다. 그 전날 나를 수영장에 데려간 사람이 바로 아주머니 자신이라는 엄청난 자책감에 시달렸다. 아주머니는 내가 병원에 입원하기 직전까지 전염될 위험이 있는데도 매일 나를 간호하겠다고 고집을 부렸다.

내가 로스앤젤레스에 있는 제너럴 병원에 입원한 지 며칠 지나지 않아 로렐 아주머니도 병에 걸렸다는 소식이 들려왔다. 아주머니 역시 척수장애로 몸이 굳어지고 있었는데, 안타깝게도 증세가 나보다 훨씬 심각했다. 목 아래 부분이 완전히 마비되어 숨을 쉬려면 강철로 만든 기계 안으로 들어가야만 할 지경이었다.

운이 좋았는지 나는 서서히 회복되기 시작했다. 8주가 지난 후에는 퇴원할 수 있었으며, 오른쪽 팔을 사용하지 못하는 것을 빼면 다른 부위는 아무 이상이 없었다.

하지만 로렐 아주머니가 집으로 돌아오기까진 오랜 시간이 걸렸다. 척수마비의 영향으로 아주머니는 전혀 움직이지 못하고 누워서 지내야 했으며, 강철로 만든 기계 없이는 숨도 쉬지 못했다. 케이와 나는 아주머니가 병원에 있는 동안 한번도 빠지지 않고 매 주말마다 병문안을 갔다.

그렇다고 로렐 아주머니가 자신의 처지를 슬퍼하고만 있었다고 생각하는가? 그녀는 딱 하루만 슬퍼했다.

"나는 하루종일 울었단다. 하지만 실컷 울고 난 다음부터는 슬퍼하지 않았어. 난 내 생명을 포기하지 않아. 계속 살 거야. 그것

도 아주 열심히!"

목 위로 누구보다 열심히 사신 분

몇 년 만의 귀향인가! 드디어 로렐 아주머니가 집으로 돌아왔을 때 모든 사람이 축하해 주고 기뻐했다. 아주머니는 비록 몸은 마비가 되었지만 정신은 말짱했고, 우리도 몸이 불편한 아주머니를 절대로 장애인으로 생각하지 않았다. 아직도 아주머니는 우리의 최고의 친구였다.

케이와 나는 어디를 가든지 꼭 사진을 찍어 로렐 아주머니에게 보여 주었다. 우리는 그날 일어난 일을 하나도 빠뜨리지 않고 아주머니에게 들려주고 싶어 어서 빨리 집으로 돌아갈 시간을 애타게 기다릴 정도였다. 아주머니도 기쁜 마음으로 우리의 이야기를 들어 주는 시간을 내주었고, 우리는 그 시간을 아주 행복하게 보냈다.

로렐 아주머니는 강철 캡슐에 의지해 40년 이상을 산 분으로 기네스 북에 올라 있다. 그녀는 목 아래로는 까딱도 할 수 없었지만 신경이 조금 남아 있는 목 위로 누구보다 열심히 살았다. 자식들을 돌보고 키웠으며, 무슨 음식을 만들까 고민하고, 크고 작은 집안 행사를 계획하고, 매일 집안 청소도 감독했다.

로렐 아주머니가 절망을 이기고 꿋꿋이 살 수 있었던 힘은, 살아 있음을 누리고 싶다는 그녀 스스로의 열망에서 나왔다. 그녀는 인생의 비통함에 빠지는 것을 거부했으며 살아 있음의 축복

을 받아들였던 것이다.

　로렐 아주머니는 그녀를 직접 알았던 사람들은 물론 그녀의
인생에 대해 얘기를 들은 사람들 모두에게 진정한 행복이 무엇
인지를 깨달은 사람으로 기억될 것이다.

　　　　　　　　　　　캘리포니아 주 포웨이에서　세리 홈브스

자신의 의무를 다할 것

아이를 받아 낸 13세 소녀

유타 주 스패니시 포크에 가면 마을 광장 한복판에 아기를 물고 있는 황새가 새겨진 작은 동판을 볼 수 있다. 그 동판에는 산파에게 감사하다는 글귀와 함께 한 사람의 이름이 새겨져 있다. 바로 작은 농촌 마을에서 2,500명이 넘는 아이를 받아 낸 안나 풀센, 나의 할머니다.

안나 할머니가 처음으로 아이를 받아 낸 것은 겨우 13세 소녀였을 때라고 한다. 안나는 이웃집 아주머니가 금방 아이를 낳을 것 같으니 빨리 가서 도우라는 말을 들었다. 그 집 남편은 부인이 산기가 있자 산파를 부르러 집을 나갔는데 제 시간에 도착하지 못한 것이다.

산모를 앞에 두고 혼자 남은 안나는 놀랍게도 조금도 겁에 질리지 않았다고 한다. 그녀는 어머니에게 들었던 그대로 여러가지 준비를 한 다음 아주 건강한 사내아이를 아무 탈 없이 받아 내었다. 아이의 어머니는 고맙다는 뜻으로 드레스를 만들어 입

234

을 수 있는 캘리코 천을 안나에게 주었다.

20세가 되자 안나는 본격적으로 산파 교육을 받았고 졸업을 하자마자 3주일 동안 3명의 아이, 남자아이 둘과 여자아이 하나가 세상에 나오는 것을 도와 주었다.

그후 안나에게는 잠시도 쉴 틈이 없었다. 잠도 못 자고 집을 나서면 집에 돌아올 힘만 겨우 남긴 채 파김치가 되어 집으로 돌아온 적이 하루 이틀이 아니었다.

눈이 펑펑 쏟아지던 어느 겨울에는 멀리 떨어진 마을에서 급한 전갈이 왔다. 안나가 말 한 필이 끄는 지붕 없는 마차를 타고 산모 집에 도착했을 때는 말도 사람도 완전히 눈사람이 되었다. 먼 거리를 온몸에 눈을 맞으며 달렸던 그날 밤, 안나는 발에 동상이 걸려 6주일 동안 신발을 신을 수 없었다고 한다.

하지만 그녀는 자신을 찾는 사람이 있으면 언제라도 달려갔다. 그 집이 멀거나 가깝거나, 낮이거나 밤이거나, 비가 내리거나 해가 쨍쨍하거나, 폭풍이 몰아치거나 눈이 퍼붓거나 상관이 없었다. 아기들은 이 세상에 나올 때 날씨 같은 것은 안중에도 없으니 말이다.

어린 꼬마들은 길에서 안나를 만나면 걸음을 멈추고 이렇게 물었다.

"그 많은 아기를 다 어디에 두었어요? 나한테 아기 하나만 데려다 주실래요?"

계란 한 줄 버터 한 통으로 만족

어느날 안나가 한창 아이를 받을 준비를 하고 있을 때 이웃집 사람이 달려왔다.

"풀센 부인! 풀센 부인! 어서 집으로 가세요. 당신 아이가 매우 아파요!"

안나는 집으로 달려갔다. 그리고 막내딸이 옷장 문을 열고 약품 서랍을 열다가 그만 석탄 산이 들어 있는 병을 가슴에 쏟았다는 것을 알았다. 딸은 심한 화상을 입었고 결국 몇 시간 만에 죽고 말았다.

안나가 막내딸을 땅에 묻었던 바로 그날, 가난한 집의 여자가 아이를 낳는다는 급한 소식이 들렸다. 안나는 자식이 죽어 무너지는 가슴을 안고 아이를 낳는 여자의 집으로 달려가 아주 예쁜 여자아이를 받아 내었다.

"내 가슴은 아프고 고통스러웠지만, 가난한 그들이 행복해 하는 모습을 보니 나도 행복했어."

안나 할머니가 사람들에게 해준 봉사에 대해 돈을 받았다면, 어쩌면 할머니는 록펠러나 케네디가 사람들보다 더 부자가 되었을지도 모른다. 하지만 할머니는 계란 한 줄, 버터 한 통을 받은 것으로도 고마워했으며, 때로는 아무것도 받지 않고 아이를 받아 줄 때도 많았다.

지금도 내가 길을 갈 때면, 내게 달려와 이렇게 외치는 사람들이 있다.

"우리 아버지가 태어날 때 받아 준 사람이 바로 당신 할머니예요!"

때때로 사는 게 힘들어 다른 사람을 돕고 싶은 마음이 사라질 때마다 나는 할머니가 보여 주신 삶을 떠올려 본다. 자신을 부르는 곳이면 어디든지 기꺼이 달려갔으며, 자기 자신보다 도움이 필요한 다른 사람을 먼저 돌보신 할머니를 생각하면 나는 아무리 힘들어도 용기가 생긴다.

유타 주 스프링빌에서 마르바 보약

잘못한 일에 대해 정직할 것

진, 내 눈을 쳐다봐

1937년, 네 살짜리 꼬마였던 나는 가게에 가서 물건들을 구경하는 것을 무척 좋아했다. 하루는 어머니가 아래층에 사는 앤 언니와 같이 간다면 마을 모퉁이에 있는 식료품 가게에 가도 좋다고 허락해 주었다. 나는 신이 나서 앤 언니와 손을 잡고 장난을 치며 가게까지 갔다.

우리가 가게 안에 들어갔을 때, 앤 언니는 사탕이 진열되어 있는 곳으로 가더니 껌 하나를 슬쩍 집어 호주머니 속에 감추었다. 그러고는 어서 가게에서 나가자는 몸짓을 했다.

가게 밖으로 나오자 앤 언니는 껌을 반으로 나누었다. 나는 그 껌을 받는 것은 나쁜 짓이라는 생각이 들었다.

"아버지한테 혼나."

나는 앤 언니에게 말했다.

"너네 아빠가 어떻게 안다고 그래?"

앤 언니가 말했다. 우리는 껌 한 통을 2개 반씩 나눠 가진 후

입에 털어 넣었다.

껌을 씹으며 집으로 돌아온 나에게 아버지는 당연히 껌이 어디서 생겼냐고 물었다.

"앤 언니가 나누어 주었어요."

나는 대답했다.

"앤이 돈을 주고 샀어?"

"아뇨."

나는 고개를 저었다.

"진, 내 눈을 똑바로 쳐다봐. 그리고 '나는 껌을 훔치지 않았다'고 똑바로 말해 봐."

나는 눈도 깜짝하지 않고 아버지를 똑바로 쳐다보며 그 말을 반복했다. 아버지는 내 손을 잡고 아래층으로 내려가 앤을 불러냈다. 그 다음 우리 셋은 그 가게를 찾아갔다. 가게 안으로 들어오는 것을 본 가게 주인이 다가왔다.

"요 꼬마들 중 하나가 풍선껌을 그냥 집어 왔습니다."

아버지가 말했다.

"그 값을 치르러 왔습니다."

앤 언니는 훌쩍대며 울었다. 아버지는 껌값을 내었고, 가게 주인은 아버지에게 고맙다고 인사를 했다.

오랜 시간이 지난 지금에도 그날 일이 바로 어제 일어난 일처럼 생생하다. 그날 이후 나는 내 것이 아닌 것을 가지고 싶다는 유혹에 빠진 적이 없었다.

　무엇보다도 나의 아버지가 정직한 마음을 가진 훌륭한 사람이라는 사실이 너무나 자랑스러웠다. 사람들을 만나면 난 언제나 이렇게 자신을 소개한다.

　"나는 닐의 딸입니다."

버지니아 주 버지니아비치에서 진 하딩 스완슨

일의 소중함을 알고 기쁘게 일할 것

꼼짝 말고 쉬라니 얼마나 끔찍한 고문인가

6주일 동안은 꼼짝 말고 쉬라는 의사 말을 처음 들었을 때만해도 나는 이게 꿈이 아닌가 생각했다.

매사에 힘이 없고 체력이 급격하게 떨어지자 병원을 찾아갔는데, 의사는 내게 간염이라며 무조건 절대 안정을 취해야 한다고 말했다. 그때 우리집 다섯 아이 중 큰애가 이제 열 살이었고, 쌍둥이는 겨우 네 살이었다. 다섯이나 되는 아이들을 돌보는 것은 건강할 때도 벅찬 일이었는데, 간염에 걸리자 아이들을 돌보기는커녕 자꾸 잠만 쏟아졌다.

아무튼 처음 일주일을 쉬게 되니 몸이 눈에 띄게 좋아졌고 언제라도 집안일을 다시 시작할 자신이 생겼다. 하지만 의사는 이미 손상된 간을 보호하려면 앞으로 5주일은 더 안정을 취해야 한다고 지시했다. 책을 읽거나 전화를 받는 일 따위는 해도 좋지만 집안일을 하기는 아직 무리라는 것이다. 그때서야 나는 아무일도 하지 않고 지내는 것이 얼마나 끔찍한 고문인지 깨달았다.

이렇게 무료하게 누워 있기만 하는 동안 새삼스레 농촌에서 자란 어린 시절이 자꾸 떠올랐다.

나는 세 살 무렵부터 집안일은 물론 자질구레한 농사일을 도와야 했다. 바닥에 앉아 다리 사이에 버터 만드는 기계를 끼고 돌리거나, 닭들을 닭장으로 모으고, 돼지들에게 먹이를 주었다. 조금 더 자랐을 때는 우유 1쿼터에 1페니씩 받고 이웃집을 돌며 우유배달을 했다. 지금도 이른 아침마다 우윳병이 가득 찬 수레를 끌고 다녔던 기억이 생생하다.

조금 더 컸을 때는 본격적으로 집안일을 도왔다. 바닥에 꿇어앉아 마루를 닦고, 먼지를 털고, 빵반죽을 하고, 음식을 만들고, 딸기를 비롯한 과일을 따서 통조림도 만들었다. 빨래를 거두어서 다리는 일도 내 몫이었고, 시간 맞춰 가축에게 먹이를 주어야 했으며, 아버지가 하는 일도 거들어야 했다.

내가 말을 다룰 수 있을 정도로 자라자 아버지는 내게 늙은 말 돌리를 마차에 묶고 건초를 나르는 일을 거들게 했다. 아버지와 나는 우리집 앞마당에서 마차에 건초 더미를 실은 다음 들판 한가운데 있는 헛간까지 날라 부리곤 했다.

할 일이 너무 많아 쉰다는 것은 엄두를 못 냈기 때문에 언제나 즐거웠다고는 말할 수 없지만, 나는 내가 나이를 먹어 어떤 일에 책임질 수 있는 어른이 되어 간다는 사실을 자랑스럽게 생각했다. 그렇지만 어른이 되어도 어머니처럼 그렇게 열심히 일하지는 못할 거라고 생각했던 것이 기억난다.

일할 수 있는 것은 더없는 축복

내 기억 속을 아무리 더듬어 보아도 어머니가 게으름을 피우거나 손을 쉬고 있는 모습은 한번도 본 적이 없었다. 어머니는 쉴새없이 일을 했고, 일할 때의 손과 발은 언제나 잽쌌다. 어머니는 앉아 있을 때조차 사과 껍질을 벗긴다거나 바느질을 했으며, 그렇지 않으면 책을 읽었다.

심지어 어머니는 나에게 무언가를 가르치거나 이야기를 들려줄 때조차 손을 가만히 놓은 적이 없었다. 그런 어머니가 내 눈에는 일하는 것을 정말 좋아하는 분으로만 보였다. 하지만 그것이 아니었다.

살림을 하는 것만으로도 충분히 바빴을 어머니는 우리가 살던 주에서 영향력 있는 두 신문사에 기삿거리를 제공하는 통신원으로도 활동했다. 우리가 살던 작은 산골 마을에서 어머니가 모르고 지나가는 사건은 하나도 없었다. 어머니는 내가 갓난아이였을 때부터 팔에 안고 젖을 먹이는 중간중간에 전화기가 놓여 있는 나무탁자에 앉아 기사를 구상했다. 그리고 나를 재운 다음에는 제대로 기사를 완성시키는 식으로 일을 했다.

다행히 지금의 주부들은 나의 어머니와 달리 육체적으로 탈진하는 가사노동에서 많이 해방되었다. 나의 어머니는 여름이든 겨울이든 직접 손빨래를 해서 하나하나 줄에 널어 말렸고, 매캐한 냄새를 맡으며 석탄 난로에서 빵을 굽거나 조림을 만들었으며, 또 병아리 요리라도 할 때면 직접 병아리 털을 깨끗이 뽑아

야 했다.

하지만 나는 어머니가 그런 노동에서 만족감을 얻었다는 것을, 그리고 한가지 일을 마쳤을 때 그 이상의 정신적인 보상을 받았다는 것을 짐작할 수 있다.

일을 할 수 있다는 것은 더없는 축복이다. 시간을 쪼개어 항상 일을 만들어 내며, 그 일을 완벽하게 소화시킨 나의 어머니. 어머니가 내게 가르쳐 준 교훈은 무언가를 하겠다고 마음만 먹으면 그 일을 할 시간과 방법은 얼마든지 찾을 수 있다는 것이다.

캘리포니아 주 샌디에이고 헬렌 리드

진심에서 우러나오는 애국심을 느낄 것

부활절에 맞춰 고모님 댁으로

칙칙폭폭, 칙칙폭폭…….

기차 달리는 소리에 놀라 잠을 깼다. 나는 부활절에 맞추어 오빠 루즈와 함께 앤 언니가 머무르고 있는 고모님 댁으로 가는 길이었다.

고모님이란 바로 아버지의 두 누님이다. 우리가 버디라고 불렀던 그레이스 고모는 키가 작고 통통한 체격이었으며, 키트라고 불렀던 엘렌 고모는 키가 훨씬 크고 약간 마른 체격에 옥수수처럼 빨간 머리를 가진 분이었다. 고모님들은 겨울이 되면 매서운 뉴잉글랜드의 날씨를 피해 워싱턴에서 겨울을 나곤 했는데, 지난 겨울에 워싱턴으로 갈 때 큰 병을 앓고 있던 앤 언니를 데리고 가서 돌봐 주던 참이었다.

역에 내리자 고모님 댁 운전사가 리무진을 타고 와 우리 남매를 맞아 주었다. 우리는 다음날부터 먼저 워싱턴 시내 관광을 했다. 포토맥 광장 주변을 따라 길게 늘어진 체리나무에는 꽃이 만

발해 있었다. 멀리서 볼 때 눈송이처럼 하얀 꽃잎들은 마치 커다란 솜구름처럼 보였으며 냄새는 기가 막히게 향기로웠다. 오빠와 나는 그날 하얀 백대리석 바늘이 하늘을 찌르고 있는 것 같은 워싱턴 기념관도 구경했다.

워싱턴의 모든 것이 신기하고 거창했지만, 그중에서도 가장 기억에 남는 건 링컨 기념관이었다. 언뜻 보기에는 못생겼지만 인자한 성품이 드러난 얼굴, 거기에 커다란 손을 대리석 의자 팔걸이에 얹고 앉아 있는 링컨의 모습은 일곱 살짜리 어린 소녀의 가슴에도 깊은 감동을 주었다. 널찍한 백대리석 계단을 오르며 다시 한번 거대한 청동 조상을 바라보자 링컨은 마치 내 마음속을 꿰뚫을 것처럼 나를 쳐다보았다.

그 다음날은 일요일이면서 부활절이었다. 고모들은 우리를 위해 깜짝 선물을 준비했는데, 앤 언니와 나에게 앙증맞은 물방울 무늬가 그려진 여름 드레스를 사주었다. 치맛단과 퍼프 소매에 레이스 장식이 달리고 피터 팬 칼라가 달린 드레스는 디자인도 멋졌지만 색깔도 내 마음에 꼭 들었다. 이 드레스에 우리는 무릎까지 올라오는 흰색 양말, 검은 가죽 구두, 리본이 달린 흰색 밀짚 보닛을 썼다.

한마디로 머리끝에서 발끝까지 제대로 차려 입은 것이다. 마지막으로 우리는 순백색 레이스로 만든 장갑도 마저 끼었다. 그리고 오, 우리는 거울 앞에서 너무나 예뻐 보이는 자신의 모습을 이리저리 비춰 보며 얼마나 뱅글뱅글 돌았는지 모른다. 고모님

들은 발목까지 내려오는 드레스에 꽃과 리본을 높게 쌓아올려 장식한 부활절 모자를 썼다.

부활절 계란 사냥

나는 처음에는 우리가 어디로 가는지 몰랐는데, 운전사가 데려다 준 곳은 바로 백악관 앞이었다. 우리는 새파란 잔디가 반짝이는 백악관 잔디밭으로 걸어 들어갔다. 그곳에는 이미 수십 명의 아이들이 부모님과 같이 와 있었는데, 그중에서도 가장 근사하게 보이는 자리에 우리 고모님들의 이름이 적힌 의자가 놓여 있었다.

드디어 부활절 계란 사냥을 위해 줄을 서는 시간이 찾아왔다. 앤 언니는 아이들과 어울려 계란 사냥을 하기에는 너무 나이가 많다고 하면서 고모님들 옆에서 앉아 있겠다고 말했다. 하지만 나는 달랐다. 나는 일곱 살, 보탤 것도 뺄 것도 없는 진짜 어린애가 아닌가. 모든 아이들은 바닥에 초록색 종이와 유리가 깔린 밀짚 바구니를 하나씩 받았다.

나는 숨겨 놓은 계란을 많이 찾지는 못했지만, 여기저기 숨기는 것을 구경하는 게 더 재미있어서 계란 숨기는 것을 도와 주었다. 그날 황금색이나 은색 계란, 제일 크거나 제일 작은 계란을 찾아내는 아이는 특별 선물을 받게 되어 있었다.

갑자기 주위에 웅성거리는 소리가 들렸다. 곧이어 어른들이 하던 말을 멈추었고, 계란을 찾기에 바쁘던 아이들도 걸음을 멈

추었다. 나는 우리 쪽으로 다가오는 숙녀와 신사의 모습을 보는 순간 나도 모르게 입을 다물고 말았다. 검은색 정장 차림의 신사분이 숙녀분의 팔을 다정하게 잡고 우리 쪽으로 다가오고 있었다. 키가 크고 마른 체격의 신사는 아, 저 사람이 에이브러햄 링컨인가 봐 하는 생각이 들 정도로 인자하게 보였다.

그 옆의 숙녀는 꽃무늬가 있는 시폰 드레스를 입고 있었는데, 역시 키가 컸으며 왕녀 같은 기품과 당당함이 느껴졌다. 그녀의 미소는 천사처럼 아름다웠다. 가운데 가르마로 검은 머리카락을 뒤로 모아 목 바로 위 타래머리 속에 정리해 넣은 단아한 자태였다. 상냥하고 부드러운 얼굴에 커다란 하얀 모자가 잘 어울렸다. 그때 나는 그들이 누군지 알았다. 바로 캘빈 쿨리지 대통령과 영부인이었다.

어린 나이에도 나는 목이 뻣뻣해지고 눈물이 핑 돌았다. 상상해 보라, 자랑스런 대통령을 눈앞에서 보고 있는 감격을! 나, 올리비아 앤거 챈들러는 지금 이 순간 바로 백악관 앞뜰에 서 있는 것이다. 그 일은 평생을 통틀어 손꼽을 만한 큰 충격이었다. 그것은 국기를 세운 행렬이 지나갈 때 남자들이 모자를 벗어 경의를 표하고, 우리 모두가 가슴에 손을 얹고 국가를 부르는 감격과 똑같은 것이다. 그리고 이때 우리 가슴에 진정으로 느껴지는 뜨거운 감동이 바로 애국심이다.

캘리포니아 주 샌디에이고에서 올리비아 워커 프릴

248

우리 엄마의 이야기, 그래서 나의 이야기

저걸 무어라 하는가. 지금 앉아 있는 이 자리에서 약간 오른쪽으로, 빨강, 아니 사실은 그저 아주 진한 주홍빛일 뿐인, 그래, 나리꽃이 피어 있다. 초록빛 크리스털 병에 꽂혀 있는 그 꽃은 더러는 봉오리, 더러는 더이상 벌어질 수 없을 정도로 활짝 핀 모습이다.

기억난다. 언젠가, 내가 아주 힘들었을 때, 그러니까 20대 중반의 어느날, 세상과 나와의 괴리감을 서서히 인정해야 하는 그때에, 어머니는 내게 저 나리꽃 한 다발을 안겨 주셨다.

어머니는 전에 아주 작은 꽃가게를 하신 적이 있었지만, 그 당시는 아니었다. 그리고 어머니가 제일 좋아하는 꽃은 다알리아, 새빨간 다알리아이다. 그리고 화려하게 붉은 목단, 그리고 과꽃……. 그러니까 그 나리꽃은 나에게 주려고 일부러 꽃집을 들렀다는 뜻이었다. 그런데, 그런데, 나리꽃은 좋았는데 빛깔이 문제였다. 그것은 흰색이 아니라 붉은 빛이었다.

그렇다. 어머니는 꽃뿐 아니라 무엇이든 빨간색을 좋아하셨다.

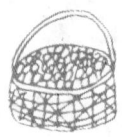

빨간 내의, 빨간 스타킹, 빨간 구두, 빨간 치마……

이런 어머니 때문에 어린 우리 자매는 머리부터 발끝까지 온통 빨갛게 차려 입고 다닌 적이 많았다. 우리가 좋아하건 말건 빨간 옷을 입은 딸들을 본 어머니는 작은 눈을 반짝이며 한동안 미소만 지으시다가 드디어 「아주 예쁘다, 훤-하다」라고 한마디 하셨다. 지극한 행복.

어제 어머니는 내 앞에 펜 하나를 던지듯 내밀었다. 플라스틱 외장이 온통 빨간 빛으로 된 펜이었다.

'또 빨간색이네……. 왜 저렇게 빨간색을 좋아하실까? 저것도 일종의 집착일까? 그리고 어디서 저런 펜을 구했을까?'

대한민국에서 제일 크다는 문구점에서도 나는 저렇게 온통 빨강뿐인 펜을 구경조차 하지 못했다. 정말 신기할 뿐이다.

"엄마, 저거 빨간색 펜이에요? 나 저것 쓰지 않을래요."

나는 아주 질려 버렸다는 듯 말한다.

"아니, 검은 펜이다. 내가 쓰려고, 굵고 시원하게 잘 나온다 해

서……."

하지만 이것 역시 나에게 주려고 산 것이라는 것을 나는 분명히 알고 있다. 단지 내가 빨강을 강력하게 거부했기 때문에 — 내가 빨강을 거부한 적이 한두 번이 아니었으니까 — 어머니는 금세 당신이 쓸 거라고 말을 바꾸신 것이다.

하지만 지금 내 마음속에는 빨강에 대한 찬양이 있다. 무슨 이유인지 스스로는 빨간 립스틱조차 한번 산 적이 없지만, 빨강이 얼마나 이쁜 색인지 나는 안다.

그리고 어머니가 왜 우리에게 자꾸만 빨강을 입히려 했는지도 안다. 어머니는 세상에서 빨간색이 제일 예쁘다고 믿기 때문이다. 당신이 알고 있는 최고의 것, 최고로 예쁜 것을 자식에게 해주고 싶은 어머니의 마음이다.

어제 미국에서 살고 있는 언니가 5년 만에 우리를 찾아왔다. 내가 그렇게 말렸음에도 어머니는 벌써 이틀째 매일 아침 일찍 일어나 다 큰 딸들을 위해 음식을 만들고 직접 밥상을 차리신다.

우리 엄마의 이야기, 그래서 나의 이야기 **251**

그리고 내가 불편한 얼굴을 하면 마음쓰지 말라고 다독이신다. 그리고 언니에게는 푹 자고, 쉬고, 놀라고 하신다. 네가 굳이 말하지 않아도 네 아픔을 다 알고 있다는 듯이……

  밥상을 앞에 둔 자리에서 어머니는 어느새 옛날 이야기로 들어가고 있었다. 언니는 금세 그 이야기에 동조하는데, 나는 순간 얼굴의 근육이 당기는 것을 느낀다. 어머니 입에서 옛날 이야기가 쏟아져 나올 때면 나는 빨강을 대할 때처럼 어떤 거부감을 표시한다. 하지만 드러내지 않고 빨강을 좋아하듯, 내 마음속에는 어머니의 옛이야기에 대한 존경이 들어 있다.

  이 책은 우리 어머니가, 아버지가, 할머니가, 할아버지가, 우리에게 들려주는 이야기이다. 비록 시간과 공간의 차이 때문에 여러분이 쉽게 「우리」라는 것에 동의하지 못할지라도, 나는 이것이 우리 엄마의 이야기이며, 그래서 나의 이야기라는 사실을 안다. 내 어머니가 가르치는 줄도 모르고 나에게 가르쳤던, 삶을

긍정하게 만드는 풍요로움을 이 책에서 느꼈기 때문이다.

결국 얼굴도 모르는 미국 엄마들의 이 글모음은 가족과 이웃이 무엇인지, 신과 자연의 아름다움은 무엇인지, 고단한 삶에 숨겨진 뜻은 무엇인지 알려 주며, 우리의 일상과 인생이 왜 소중할 수밖에 없는지 조용히 말해 주고 있다.

이 오롯하고 나직한 목소리에 내가 귀기울이는 것은 내 안에 그것을 간절히 원하는 무언가가 있기 때문일 것이다. 소박한 사람들에게서 받는 어떤 위로, 혹은 내가 가는 길의 나침반이 이 속에 있을 것이라는 믿음을 다시 한번 확인한다.

언젠가 나는 빨간 스카프를 목에 두르고, 빨간 장식핀을 달게 될지도 모른다. 그리고 엄마가 밤을 새워 이야기하실 때, 그 이야기를 끝까지 들어 줄 그런 날이 이제 곧 올 것만 같다.

2000년 봄날
권경희

옮긴이 권경희는
1964년에 태어나 한국외국어대학교 영어과를 졸업했다.
방송국에서 구성작가로 4년간 활동하다가
1992년부터 권진욱이라는 이름으로 번역을 하고 있다.
그동안 옮긴 책으로는
『사춘기 소년의 호기심 여행』, 『사춘기 소녀의 호기심 여행』,
『이유 있는 반항』, 『그리움은 가슴마다』, 『타인의 여름』,
『나팔꽃 엄마』, 『신데렐라』, 『심플 플랜』, 『세상을 바꾸는 작은 관심』,
『눈 감으면 아득한 향기』, 『멋진 삶을 위한 지혜와 충고』
등 다수가 있다.

사랑하는 엄마가

펴낸날 ▪ 2000년 5월 8일 1판 1쇄
2000년 6월 25일 1판 3쇄
엮은이 ▪ 토니 토마스
옮긴이 ▪ 권경희
펴낸이 ▪ 김혜숙

펴낸곳 ▪ 도서출판 참솔
등록번호 ▪ 제8-244호
등록일 ▪ 1998년 5월 13일
주소 ▪ ⊕ 121-718 서울시 마포구 공덕동 404 풍림빌딩 521호
대표전화 ▪ 3273-6323 | 팩시밀리 ▪ 3273-6329
E-mail ▪ salamand @ unitel. co. kr

ISBN ▪ 89-88430-10-8 03840

값 ▪ 7,000원

* 잘못된 책은 바꾸어 드립니다.